雪佛

王盛弘

推薦序

記憶的流光

向陽

這是王盛弘的第十一本散文集，從一九九八出版《桃花盛開》迄今，他的散文無論寫的是童年、家鄉或城市、旅行，總是能以纖細入裡的觀看、深刻通透的體悟，勾描外在景物與內在心象相互疊合的酣暢，帶給讀者驚喜、啟發和多重的閱讀想像。他的幾部代表作，如《慢慢走》（二〇〇六）、《十三座城市》（二〇一〇）、《花都開好了》（二〇一七），開闊了台灣散文的國際視野；如《關鍵字：台北》（二〇〇八），為台北這座城市立下有血有肉的文學地標；如《大風吹：台灣童年》（二〇一三），寫活了他童年時期的故鄉竹圍仔和親人、舊事。他的每一回出手，都揭開散文書寫的新景色。

王盛弘是善於在不同空間遊走、跨越的散文家。記得我在推薦他的《十三座城市》的書序中，曾經這樣肯定他：「遊走多重空間，使得他的散文展現三稜鏡般多變、多彩的炫麗；出入不同的風景，又使他的散文凝練著深具人文色彩的心象。」其後，王盛弘在《大風吹：台灣童年》的後記中，也陳述了他「拆解復綰結私我與時代」的「三稜鏡」創作藍圖：

從海外無疆界的漫遊、台北都會的浸淫其中、鄉下老家的漸行漸遠，三個層面探究「我」與時代既身不由己又自有主張的，或遠或近、或親或疏、或張或弛的關係。一如肉眼所見的白光，通過三稜鏡反射，現出七彩光譜。

這張藍圖，大致已在《慢慢走》、《關鍵字：台北》、《大風吹：台灣童年》三部曲中底定，而在這本新出的《雪佛》中，則以既連續又違逆的書寫展現讓人驚艷的光譜。

在連續的部分，王盛弘的書寫不脫離人間，也不脫離行踏，收在本書中的多數篇章，寫的是他自一九八八年離開故鄉竹圍仔，北上求學、工作之後的受想行識，是他向童年與故鄉告別的人生行路的延續。從少年到中年，他寫初來台北的回憶、寫在美麗華戲院看二輪電影的歲月、寫南陽街的重考生活；寫大學生涯的青春之歌、寫入伍當兵時目睹的殘酷人性；他也寫退伍後進入職場的見證、寫常德街的同志的慾望和影像……這些已然流逝的時光，通過王盛弘的筆，再現了既是他個人的，也是走過同樣年代的人的集體記憶。這記憶，延續《大風吹：台灣童年》的追懷，共同呈現一九七〇年世代的人生行路，艱辛有之，歡樂有之，迷惘有之、困惑和暢達也都有之。

在違逆的部分，王盛弘在這本書中顯然藏有更大的企圖，想脫離既有的散文抒情傳統，以個人的人生，映現大換血的動盪年代，寫出有血有肉、有風有雨的作品。他曾自述：「個人與時代、個人之一瞬與時代的長流，其中種種曲折與幽微，一直是我感興趣的命題。」在這本散文集中，他從十八歲來北的一九八八年為界碑，鋪陳前後所親見、親歷的重大政治和社會事件，以及這些事件帶給他的心靈與思想的衝擊。他寫戒嚴令的解除、大陸探親的開放、蔣經國的去世、李登輝的繼任，以及隨之而來的五二〇農民運動，還有繼之於後的中國天安門事件……通過他自身的成長和感受，映現解嚴後台灣社會的劇烈變遷，也點描出在大時代洪流中成長的新世代的感覺結構。這個企圖，在本書輯一所收作品中昭然可見，他從描寫小我出發，襯映出大我的形貌，無疑也為新世紀的散文書寫別開了一條新路。

本書較不同於一般散文集的特色，是收入輯二的篇章，又分兩個部分，前係王盛弘追思琦君的散文〈適合仰望的距離〉，後係琦君寄給他的珍貴信札。前者以追憶的筆，寫他自國一開始到二〇〇二年與琦君互為筆友、通信近二十年的深厚情誼，作為琦君的小讀者，這篇散文追述與琦君的相識，琦君對後輩的關心和提攜，至情至性，深刻感人。後一部分是〈琦君的信〉，從尚存的最早的一封（寫於一九八七年）到最後一封（寫於二〇〇二年），總計三十封信札；王盛弘所作的箋注，可以讓讀者了解他和琦君互動的過程與背景，引領讀者進入兩位前後輩散文家以文相會的至誼。在漫長的流光中，這批信札漾現了記憶深鑿的色澤。

這是一本記憶之書，一如書名題為「雪佛」，王盛弘在收入本書的〈夢浮島〉中透露了他以雪佛譬喻記憶的原由：

記憶也像雪佛，終究要崩塌，滅毀，消融於無跡，我卻用我的文字，不知靡費地為它妝點纓絡，為它打造佛龕，為它起建院寺。到最後，雪佛不見了，只剩下文字，文字取代雪佛，成了記憶本身。

我留不住雪佛，能夠掌握的只有自己的文字。

雪佛會融消於無形，記憶也會；唯書寫能讓記憶留存，也讓流光停駐。王盛弘從年輕時開始研磨再三、孜矻不斷的書寫，具體地透過這本新著，為這段話作出了深刻的印證。

（本文作者為詩人、文化評論家）

推薦序

黑霧中的裸跑者

孫梓評

彷彿斷代，摹寫台灣童年的《大風吹》之後，王盛弘先繞了一點路，慢慢走，看「花都開好了」——心內所繫，或仍是島嶼解嚴隔年十八歲出門遠行，一九八八至二〇〇〇，那隆隆變動軌跡，伴隨青春蛻為成人的身體，一方面好小心保存只此一家的情節；一方面透過脫離昔時限制視野的深情回望，納進廣眾所聞所歷，兩者無聲交鑿，成為《雪佛》。

寫散文需要對世界的好胃口，盛弘自承對「人」有飽滿好奇心，果然，在他筆下，寫重考時期與補習班男同學「鴿子」青春曖昧，寫大學時代遇見這個那個精采的誰，寫當兵因某同梯意外滯留淡水氣象聯隊始末，寫退伍後職場裡原本冷淡忽有了轉折的前輩，寫掩在身體裡始終沒有熄滅的自己，終於在黑街，暗中萬物生長起來，而當俗世消磨意志，還憧憬著可以有一次義無反顧的出走——這些被記憶拘進書裡的人，亦似一尊尊供在日光下的雪佛。

盛弘寫散文，李桐豪心嚮往之的說法是，「每一個字每一個字都跟下圍棋一樣，很謹慎。」在我看來，那關注材料的眼神，也頗像殷勤照拂日式庭園的景觀設計師，「美在實用的基礎」。雖然部分語句迴旋，頗有音樂的快樂，但基於對電影長年的眷愛，盛弘似乎更偏心視覺，假裝穩固的敘述中使虛實換幕，是他刻意為之的重點項目。

散文怕老，語境更迭，需要寫作者加倍敏感。盛弘編年度散文選，將當年十大流行語嵌進序文中，足見其敏微的關注。然而若一味追逐流行，可能陷於某種諂媚並失落原有；若過度保守國土，又可能拒新讀者於境外。每一個作者都渴望打造自己的文體，盛弘自然也透過題材與文字揀擇，在變與不變之間，裁製出適體的說話。

時代變化，散文罕得寫長。盛弘不畏，輯一著力最深的兩篇，〈甜蜜蜜〉和〈潮間帶〉都以卷軸攤開的企圖，工筆繪出大時代與小人物。有時我無法分辨是因為這些際遇將他塑成一個非寫不可的人，還是因為他高明的調度使那尋常苦悶日子都鑲上了雲的銀邊？這兩篇逾萬字卻不顯叨絮瑣碎，最能見出鋪排細節與蒙太奇能力。並且，不落俗套的點睛譬喻適時出現，寫作真是一點都不能偷懶的事。

整本書原可以依照時間序：返溯而上順流而下，作者有心，將〈夢浮島〉置於輯一最末，「時間不逝，圓圈不圓」？如此，全書開場的美麗華戲院，便不僅一處顏色斑駁的舊址，還作為重返竹林路窄巷頂樓加蓋小屋的接點：記憶曾座落在那裡，時間經過，人來人往，銀幕上播放的是彼時還是此刻？

《大風吹》後記，盛弘回顧自己三稜鏡寫作計畫，曾有過這樣的感慨：「以如今當道的文風回頭去看這樣雅正的心思，真有種不合時宜的尷尬。」琦君過世十數年，輯二才特別收錄了他自國一開始與琦君將近二十年的通信，那忘年的交誼，體貼的心意，當書信逐漸絕跡於我們生活，恐怕此後將不再得，而深深感受到「老派之必要」——正因人格養成時期，得到那樣溫暖的養分灌溉，才能長成如此雅正的青年吧。這些珍貴的魚傳尺素，也似一面湖鏡，照映這名自彰化農村到抵台北的男孩，怎樣接受了時間的雕刻。

偶爾幾個朋友見面，城市餐酒館，盛弘永遠禮貌與秩序齊整，笑顏可掬，一如他評審過的原稿，上頭有墨水謹慎寫下仔細意見，也像他隨身準備的小筆記簿，耐心留幾個忽然念頭，慢慢發展成群樹之歌。杯觥交錯間，續杯般補充一點近況，最在他的關心裡的，總是未完成的寫作。

與現實中從不狼狽凌亂的盛弘相反，讀完《雪佛》，誰能忘記，上一個世紀末，曾有那樣一具剛脫離少年的煩躁身體，在濃重夜與霧之中，被什麼給驅馳著，必須脫褪所有衣物，赤條條，往前方的未知，奔跑起來。

那道奔跑，像黑暗中好大聲非如此不可的吶喊。

整本《雪佛》，就是這樣一個對待寫作非常純情的人，在與更大世界交手的啟蒙時刻，如何被深深震動，置身記憶反鎖的密室，用盡力氣，向整個世界喊出自己的聲音。

（本文作者為作家）

獻給我的哥哥王獻樟先生

過去不僅會把我們拉回過去。過去的記憶之中，處處有數量不多卻強韌的鋼鐵發條，現在的我們一旦碰觸，發條就會立刻把我們彈向未來。

——三島由紀夫

目次

輯一

美麗華

當我再一次站在美麗華戲院前，視線所及，牆面已經沒有了披披掛掛像吶喊著看我啊看我的布告、劇照與海報。端詳它的原貌我才發現，這是一座蓋得不知該說是土樓或城堡的建築，通體髹漆成赭紅色，外牆管線紛陳，宛如皮膚底靜脈浮凸而出。

馬戲團已經走了，帳篷卻被棄置於原地日曝雨淋那般地，老了舊了，煢然獨立。

我慢緩緩沿著這座建築走上一圈，心底有話想找人說，又走一圈，我想告訴遇到的不管哪個誰，三十年前我常在這裡看電影。說出這句話，讓我覺得自己也是個有故事的人，有點滄桑有點自負，天方夜譚那般地，可以一個晚上又一個晚上，說上一個故事又一個故事。

是十八歲那年，九月中旬一個傍晚，大哥領我搭野雞車北上，怕遭取締，車子停在與北市僅止一橋之隔的三重。乘客分批轉搭小巴接駁，過淡水河，在北門落車，緊接著乘二五九路公車到永和，最後落腳於哥哥以每月兩千元租住的，竹林路九十一巷四十八號頂樓加蓋小屋。

隔天，我尾隨大哥自中正橋頭永和豆漿店，沿竹林路往東。這是鴻源百貨，那是網溪國小，韓國街、市公所，哥哥一一點名，還與他住永和市場公寓二樓的大學同班同學一起用了午餐。

竹林路盡頭，隔著福和路與永貞路相啣，步履不停，很快地我們穿過一處機車腳踏車愛怎麼停就怎麼停的穿堂，在住商混合的販厝圍夾下，龐然矗立一幢建築。這是美麗華戲院，大哥說，我常來這裡看電影。

這是我第一回到美麗華，看的是《金臂人》。當脫衣舞孃黛安・蓮恩幾近寸縷不著地挑逗觀眾時，我僵在紅絨布面座椅上，竭力保持聲色不動。跟自己的哥哥看這種戲，太讓人不知所措了。

《金臂人》裡，小鎮青年麥特．狄倫懷著擲骰子絕技，跳上巴士到紙醉金迷芝加哥闖天下。賭場雇用他時，要他清空口袋，將紙鈔、硬幣統統裝進信封。賭場說：我只是幫你保管，幫你把回老家的錢留著。夥伴則告誡狄倫：這是個花花世界，很容易讓人迷失，你很快就會見識到。一句句台詞都像在對我耳提面命。

後來，整整將近一年的重考生活，周末我多在美麗華度過。這是家二輪電影院，五十元一張票可以看上兩部，看完若還想換廳繼續，將折價若干。

那幾年真是窮啊。直到上了大學，還常因沒錢吃飯，用餐時間便窩床上，嚥著清口水，睡過一頓午飯或晚飯。到了月底，小虎總問我，還有錢嗎？說著，掏出幾張紙鈔給我。小虎是同班同學，好朋友，我永遠記得他說過的：我的記性不好，我只記快樂的事。

有一次實在餓得慌，跑回竹林路，哥哥不在，我將兩隻書桌抽屜整個地倒在蘋果綠地磚上，卻只發現幾枚遺落角落的硬幣。離去時，遇到住隔壁的游文文，也不知我的臉上就寫著餓啊好餓或怎麼地，她沒多說什麼，硬塞給我一張大鈔。我說我會儘快還你，游文文回我，不急，我再跟你哥哥要就好。

既然窮，怎麼還有錢看電影？那你告訴我吧，能有什麼地方比二輪電影院更省錢更容易消磨時間的？我習慣不看簡介，隨興鑽進戲院，暗黑之中享受一段段無法預期的旅程。沒有這一趟趟未知目的地的遠行，我該如何排遣重考生活，那彷彿溺在黏答答蛋液裡濕淋淋的雞雛怎麼啄也啄不破蛋殼的苦悶？

美麗華不畫位，我愛挑放映室下方位子坐，當燈光熄滅，耳際響起吋吋吋機器規律運轉聲，旋即為音響掩去，礮口般小洞射出一束白光，雞雛啄破蛋殼，迎接了天光，光裡有灰塵微粒彷彿海底浮游生物載浮載沉。

電影是光影藝術，不用五顏六彩它也是電影，靜默無聲它還是電影，唯獨不能沒有光，光的技術，光的魔術。

盧米埃（Lumière）兄弟是電影「發明人」，Lumière的意思正巧就是「光」。

大江健三郎為他那帶著殘疾來到世上的孩子，也取名為「光」。他解釋，孩子出生時他正讀一名法國哲學家的書，書上記載了一個因紐特人的寓言：當天地草創，一片闃黑，一隻烏鴉啄食撒落地面的豆子，每每不得其喙。烏鴉心想，如果有光就好了。就在這麼起心動念之際，黎明報到，世界在光裡鋪展開來。哲學家說：當你全心全意期盼，你所護持的心願就將得以實現。

用更通俗流行的話說，是保羅．柯爾賀的：當你真心渴望，整個宇宙都會聯合起來幫助你。

看著日漸恢復健康的孩子，大江健三郎明白了：他的困難就是人類的困難，只要他還活著，就一定會設法朝解決問題的方向努力。這也是薩依德所說：這是人的問題，因此我相信，如果放上一段時間，就會在明亮的方向上看到解決的徵兆。

一切都關乎人，電影不自人生便自人性取材，就算故作跌宕起伏、顛沛流離，也比不過人生的種種艱難、人性的複雜萬端，投射在銀幕上的光影斷不能解決現實的困境，偶或有啟發，時或有暗示，多數時候卻連個徵兆都未能夠顯影。人生大於電影，是《年輕氣盛》裡所說：「就算沒有電影這狗屁，人生還是能繼續下去。」但是，它賜與了一段時光，一個半、兩個小時或更長的時間，觀眾進入一個結界，在這裡，我們被應允，我們被庇護。

沉積岩一般，流行文化每每標誌了時代的切片，那些年一起追的劇，同聲高歌的神曲，排長長隊伍循序買票進場的電影，通關密語一般，讓我們指認彼此——啊，原來你也在這裡。然而，當我主要以坐客廳沙發上，透過電視螢幕，播放自購的DVD或藍光的方式來觀看電影，也許一整個夏天我與茱麗葉．畢諾許為伍，下一個季節卻對金棕櫚獲獎名片目不轉睛，電影於我就只能是時間的亂針繡，不再像初上台北看的那一些，在座標上扎根，變成了鄉愁。

《比利小英雄》、《飛進未來》便是我永誌不渝的玫瑰花苞，結在我出門遠行的十八歲。

十九世紀的北歐，年邁父親帶著稚子比利，搭上自瑞典開往丹麥的慢船，他們的眼光投向遠方，畫破重重烏雲的是陽光，穿越年深日久的陰翳的，是希望，或對希望的想像。二十世紀的美國郊區，少年賈許對著祖塔遊戲機許下心願，一覺醒來願望成真，他成了個三十歲的成年男人。一個是空間上，對新天地的展望，一個是時間上，對未來的嚮往。

可是，離開這裡、離開現在，就能成為一個更好的自己嗎？

銀幕上演的雖是虛構的故事，觀眾卻投入自己的真心。報業大亨查爾斯．凱恩終生記掛兒時雪橇上刻的Rosebud，而我，念念不忘初上台北，在美麗華看的《比利小英雄》與《飛進未來》，我在這兩部電影看到了自己。

日後，每隔幾年我便播放《比利小英雄》重溫一回。在惡魔的天空下，這一雙父子面臨一次又一次難堪的挫敗，一場比利以一枚錢幣換來對弱智同伴的一頓毒打，場面異常慘烈，讓人皺起眉頭想別開臉去。身在底層的比利只能對比他更弱勢的同伴下手，他是想嘗嘗權力的滋味，抑或發洩長期遭受霸凌，積累的憤恨？還好，當比利有機會改寫被奴役的命運時，他作下決定，決定不當管理階層的打手。他收拾行李，離開地主家，他要創造自己的命運，奔向全新的未來。

未知誘惑著我，好奇鼓舞著我，未來是什麼呢我並不知道，未來卻總是令人期待。

至於《飛進未來》，終於在藍光時代得以重睹（如果你的年紀夠大，而且不健忘的話，你會記得，這一路我們經歷了BETA／VHS、VCD、DVD，一路積攢的影片又一路捨棄，而數位串流更以摧枯拉朽之姿進逼），唉，不過是部好萊塢電影嘛，但我仍好有興致地看著。看賈許無法招架女友蘇珊需索進一步的承諾時，孩子一般嚷嚷著我要回家我要回家。蘇珊問：什麼，你結婚了？賈許回她：蘇珊，我只是個孩子，我還沒準備好面對這一切，我只有十三歲。蘇珊：誰不是呢，我心裡也有一個害怕的小孩。賈許只能疲軟無力地應道：我真的只有十三歲……

我不是賈許，沒有祖塔遊戲機，無法蟲洞裡旅行，奔向三十歲又回到十三歲，我只能往前。然而，我畢竟擅於回顧。回顧，卻也是為了前行。

就有一日，興起舊地重遊的念頭。搭捷運到永和頂溪站，刷悠遊卡租一輛YouBike，蔡榮祖不召自來：背著行囊我要去流浪，要到很高很遠的地方。長我一歲的新加坡男歌手，於我重考那年，在台灣發行首張流行歌曲專輯，我輕快哼唱：帶著一點點行囊，和一點點惆悵，將過去所有煩惱都遺忘。

踏板踩著踩著，踩進了竹林路九十一巷。

上台北後，哥哥把四十八號頂加小屋讓給了我，自己住到中正橋頭永和豆漿店後方，一個公寓客廳角落用塑膠拉門圈出來的，甚至不能稱之為房間的小隔間。一年後我考上輔大搬進理二舍，他才又搬回續租，課餘兼家教，打很多的工。

房東在頂樓隔出三個房間，加上窄仄一間共用的浴廁，除了我，還有一名讀復興商工的男孩永遠沒睡飽似地，話是沒聽他說過，但進出時甩門的勁道像剛被情人甩了在狠狠洩憤一般，另一個較大的房間住著游文文，後來她的弟弟好像叫游俊義吧也來與她同住。投幣式公用電話擺在走廊，很少有我的電話但常常是我接的電話，接了電話後，敲敲她的房門說電話喔。回房間，聽見她嘩啦嘩啦潺潺流水般的聲音隔一扇門響著。

當我考上大學，游文文送了我一盒二十四色粉彩筆，我拿它畫許多卡片寄給朋友，用著用著捨不得用完，還留著到現在。

游文文老家在宜蘭，搬離永和時我給過她聯絡地址吧，有個暑假她自東京寄來一張明信片，手撕畫是三隻猴子各遮住眼睛、嘴巴、耳朵，非禮勿視、非禮勿言、非禮勿聽。這是我最後一回接到她的音信，社群媒體這樣發達的今日，可惜我還是找她不到。

離開九十一巷，很快地迎來美麗華。這幢建築，單獨看它像城堡，若與圈圍著它的公寓劃成一個整體，則像土樓。

五月天，日光被阻擋於外，陰影底一片清寂，老公寓群背對著它，家庭餐館在通道旁置備大桌，將菜肴裝盤後再端進客席，一名男人慢緩緩吸著紙菸，鐵欄杆上栓一條癩皮狗，三個小孩趴地上玩遊戲。全像被消音了似地，小孩、狗、男人、廚師，他們動作著但不發出一點聲響。

我放緩腳步沿美麗華繞了兩圈，攔住一名婦人，滄海桑田似地問出其實已經清楚答案的問題：啊，以前這裡是座戲院呢，什麼時候關的門？

婦人仔細思索後回我：關很久了，沒落了，沒有觀眾，應該有，有八九年了吧。這些我都知道，我還可以告訴她：它開幕於一九八一年母親節，六個廳，一千餘個座位，專門放映二輪電影，首先登場的是《黑武士》與《金手指》；九五年《割喉島》是僅有的一次放映首輪影片；九七年同一棟建築成立一家商場，旋即倒閉，妳看，被塗銷文字的看板還像一頂帽子戴在樓頂呢；新世紀一〇年美麗華縮小規模成只有兩個廳，隨即於當年九月十六歇業迄今。某年、某月、某日，時間是尺上的刻度，事件安坐其中。婦人說：聽說打算都更，但一直沒什麼進展。

我告訴婦人，三十年前我常來這裡看電影。攔住她與她攀談，其實為的就是說出這句話，說出這句話讓我覺得自己也是個有故事的人。

準備離去時，沿建築我又繞了一圈，看見入口一扇門上有張告示：「本棟樓內已無有價物品，請勿再入內行竊。」這反倒激起我的好奇，上前一步，試探地推了推門，出乎意料地，喀喀什麼東西一疊碎裂聲中，兩扇門微啟一縫，趁沒人注意我再用力一推，側身，一片影子般地我便閃進室內了。

停佇在釘著劇照的櫥窗前，透明玻璃上倒映一張少年的臉孔。少年轉動眼珠子，盤算著，這個看過了，那個也看過了，心裡嘀咕著，怎麼還不上新片？可是不看電影，又能到哪裡去呢？

驗票後走進放映廳，一股腦兒地，爆米花、滷味，各種食物的味道，加上地毯、座椅長年吸附的氣味混攪成一團朝我湧來。我挑了放映室下方的位子坐。片刻後，燈暗，別著「小美冰淇淋」字樣的紅絨簾幕緩緩往舞台兩旁撤退，光束射出，耳際傳來吋吋吋吋放映機運轉的低頻聲響，我抬眼，看光束中微塵湧動。

黎明報到，世界在光裡鋪展開來。

國歌的前奏響起，觀眾懶懶站起了身，歪歪斜斜地，不知有多麼不願意。「三民主義，吾黨所宗」，有人低聲跟唱，「以建民國，以進大同」……銀幕上軍容壯盛，十大建設如萬花筒一朵朵綻放。也有觀眾並不起身，坐座位上逕自攫著爆米花吃。不理會唱國歌時必須立正的人是愈來愈多了，還聽說有個地方首長發布過行政命令，在他轄下，電影放映前不必播放國歌。

緊接著幾個廣告短片後，一部巴士開進銀幕，奔馳於高速公路上。片刻後鏡頭切換進車廂，懸在座椅上方的電視螢幕無聲播放著廖峻、澎澎歌廳秀，兩名少年比肩而坐，較稚嫩的那個因為暈車，頭埋在塑膠袋裡嘔吐，眼看著情況趨緩，卻又一陣噁心，較年長的那個趕緊輕輕拍著他的背。

綠底白字的路標指向三重，巴士開下交流道，靠邊，乘客被催促落車，馬上地又被趕上一輛輛九人座小巴。小巴陸續駛出，上高架橋，橋下流水倒映七彩燈光，染得少年蒼白的臉頰一下子紅一下子綠，跌進染缸似地自己全作不得主。

抵達對岸時，先看到的是高架橋旁一排老舊建築，牆上斑斑駁駁好大的字寫著「中華商場」。眼下這座城市像個大工地，雜沓卻充滿生命力，少年的身體疲倦，但精神亢奮，新天地撲面而來，他睜大眼睛張望這一切。

挖耳朵

自以為不貪吃，但也曾為了吃而與人起過爭執，那是六七歲還是八九歲的事情呢我也記不太清楚，確信的是，已經不是不懂事的年紀了。

清明，遠房親戚回竹圍仔掃墓，是一年只見這麼一回的，爺爺的堂兄弟之類的長輩，叔伯打起招呼來似乎回到童年的稚氣，姪孫輩的我依著大人指示，怯生生地學舌喊伯公叔公。大人親暱地寒暄著調侃著：要常回來啊，囡仔都不識你們了。

掃完墓，照例要圍一張大圓桌食中晝，碗盤撤去後，那年端上的是一盤番茄。拳頭大的黑柿番茄每顆四刀切成八片，一起上桌的還有一隻白瓷碗的蘸醬。這是什麼啊有人發問，有人回答「吃看看」，語氣小心是「獻醜了」的意思。

叉起一片番茄，在蘸醬裡翻個身，送進嘴中。首先炸開的是薑末的辛香，醬油膏與白糖則調和出一脈鹹鹹甜甜的甘醇，不僅掩去黑柿仔特有的草菁味，還凸顯出漿果的口感。大受歡迎呢，都說沒吃過，一邊低呼好吃好吃一邊囫圇吞下。我嘴中嚼著，同時望向盤裡，轉眼間只剩下了一片，腮幫子還鼓著的我急伸出手去，同時卻有另一支牙籤叉上同一片番茄，我喊我先的，而對方，遠房親戚一個年紀跟我差不多大的孩子，一張臉發皺，快哭出來了。

大人見狀，哈哈大笑，他的父母勸他讓，而我的父母勸我讓。他是客人啊怎麼可以跟客人搶？說著，母親用力拍了我的手背，一痛，鬆開了手。多大了，就這麼愛吃，也不怕人家笑？客人離開後，父親發起脾氣。

番茄不是什麼稀罕的水果，但是七〇年代，它的品種並不像現在這樣繁多、命名這樣花稍。那時候吃的多半是黑柿番茄，去蒂、洗淨，用食指在蒂頭戳個洞，塞進一顆酸梅，以酸梅的酸甘甜調和番茄的生澀（酸梅有兩種，一種淡粉色，厚肉，鹹中帶著甘甜，一種磚紅色，籽大肉薄，又鹹又酸），誰知道還有這等奢華的吃法，祕訣就在那一碗蘸醬。飲食的撞色美學、衝突藝術，討喜的滋味讓味蕾牢牢記住了。

然而再吃到它時，竟已經十餘年過去。

大學聯招放榜後，我北上準備重考，補習班位於南陽街，而教學大樓在館前路，二至四樓是學生宿舍，五到八樓當教室。教室裡，身體與身體靠得很近，心與心卻離得很遠，走道上擦肩而過，交換的只有空洞的眼神。瘦小、斯文的班導師武裝起口氣，像出賽前賞拳擊手巴掌以激起他們的怒意與鬥志那般地，告訴我們：轉頭看看你左邊，再轉頭看看你右邊，他們是你的朋友嗎？不是！他們都是你的敵人，你坐在這裡，為的就是要擊敗他們。

但我還是有個可以說上幾句話的朋友，他叫曾建豪。曾建豪露出淺淺的微笑，緩緩地說：我有六個女朋友。這六個女朋友是——國文、英文、數學、歷史、地理，還有三民主義。那還是個要考三民主義的年代呢。

每天一大早，學生帶著尚未脫身的夢境，在一樓排長長的隊伍等電梯，同班同學裡有個鴿子若是看見我，常邀我一起爬樓梯。鴿子在每一個轉角停下腳步催促，快點啊快點，當我喘著氣趕到時，他又已經在下一個轉角了。飄浮在空中的是毛茸茸的羽翩嗎？他是鴿子他用飛的我怎麼追得上。有時，他並不邀請，逕自加快速度與排隊的我競賽，學生很多，電梯每回開門關門花費許多時間，常常鴿子比我還要早進教室，得意得像隻驕傲的小公雞，頰上泛著深深的紅暈，更襯得其他人一臉白熾燈光烙下的蒼白。

補習班沒有排座位，但很快地，每個人都形狀略有差異的拼圖般，塞進固定的位子，鴿子就坐我身邊。他若沒跟上授課節奏，不問一聲便拉過我的教材抄筆記，有時直接湊過頭來，身上的熱氣讓我起一手臂雞皮疙瘩又緩緩散去。有一天，那是二月中旬我記得，他推來一張紙條，紙條上寫著，下課後陪我到後火車站吧。

下課了，我與鴿子相偕沿館前路走到台北車站，買月台票，上天橋，夜幕驀然降下，世界一片堅冰的深藍。四圍景觀略有點雜沓、急就章，鐵路地下化工程正在進行，舊的火車站已經拆除，而新的尚未落成，這是個臨時車站。春節期間，火車進站出站吞吐著魚汛般人潮，月台是為了離開月台，天橋是為了穿越天橋，誰和誰都只是經過。

記憶裡的天橋不合理的高、的窄、的長，三十年後我仍能以當年那具瘦稜稜的身體丈量它的高，它的窄，它的長。穿過天橋，是後車頭，始終緊緊捏在鴿子手中的一片報紙小廣告已讓他的手汗濡濕，我們循址找到唐鈺泌尿科，站門前時鴿子有點猶豫，為難地看著我，我朝他點點頭表示支持。

醫生指示鴿子將褲子解下。我別開頭去。聽見醫生說，往後拉看看，會痛嗎？勃起時露得出來嗎？嗯，好了，褲子穿上吧。我這才轉過頭來，鴿子正在紮皮帶。醫生以拇指說明手術方式，又報了價，問：決定了嗎？鴿子點點頭，木愣愣的，沒有了平日的調皮。醫生看看手錶，和善建議：吃過了沒？這樣好了，你們先去吃晚飯，也考慮一下，如果還想做，再回來找我。

稍晚，又買了月台票，走上長長的天橋。我試探地問，痛不痛？鴿子搖搖頭，是他一貫的爽朗語氣：不會。我好奇手術過程，他說，也不是什麼大不了的事情啦，醫生先幫我把毛剃掉，再打麻藥，好像被橡皮筋彈了一下，過一會兒還有感覺，又打一針，然後就坐上手術檯了，我聽見剪刀器械碰撞的聲音，但一點知覺都沒有。那，醫生有說手術後要注意什麼嗎？鴿子回答：醫生交代，傷口痊癒前，如果那個了，就用指頭輕輕地挖耳朵，挖著挖著就沒事了。說著，他故意以食指挖起耳朵，兀自笑了起來。

鴿子打算到我租的竹林路頂加小屋過一夜，他是東部人，住台北親戚家，沒有太多隱私。兩人搭上公車，八九點鐘，車子塞在中正橋上，橋下溪水淅淅流逝，鴿子附我耳際咕咕叫著痛，好痛，咕咕咕。他的額上冒著細細的汗珠，身體在微微顫抖，我想請誰讓座給他，還沒開口便有人空出了位子。一到竹林路口，兩人落車，趕緊進橋頭便利商店要了一杯白開水，把止痛藥服下。

隔日，兩個人都還睡著，屋外鞭炮聲一波波炸開，大年初九天公生。鴿子的臉埋進雙臂就像鴿子的頭埋在翅膀裡，他說，這是在慶祝我的成年禮嗎？

就是那一天，看著鴿子痛到話都不說了，我想起小時候曾為了吃它而與人起過爭執的番茄切盤，如果要以食物療癒誰，那是我唯一能夠想到的。便去了市公所斜對面的市場找啊找好不容易找到幾顆黑柿仔（嘸對時啦，一名攤商告訴我），一小塊老薑是菜販送的，又在樓下蘇興商店買小包裝白糖與一瓶醬油膏。水果刀是有的，然而沒有砧板怎麼辦？敲敲門跟住對面的游文文借了一面，放在書桌上忙亂一番，終於端出記憶的番茄切盤。有點得意呢我，又起一片在蘸醬裡打個滾，遞給鴿子，「吃看看」，一時有種感覺，感覺自己是個大人了。

原來，把自己想吃的、想要的，請別人先享用，這就是學著當一個大人。

隔天一大早，我又排在長長的隊伍裡等電梯，鴿子出現了，他沒有像過去一樣打手勢邀我跟他一起爬樓梯，而是認分排進隊伍。電梯裡，當他看見我發現他假裝不經意地挖耳朵時，我們交換了一個只有彼此才能懂得的微笑。

阿魯巴

阿魯巴，生活在行動通訊共和國的，現在的中學男生，還玩嗎？

三十年前，我讀中學，國中男女分班、高中男校，阿魯巴野草般在校園裡蔓延。有時是打賭輸了，更多時候，毫無預警地，有人落了單，身後兩個人交換眼神，打pass，放輕動作疾步掩至，一人一手竄過脅下，一人一手伸進胯底，順勢將人撈起，架開雙腿，衝往廊柱、欄杆、樹幹，快速推前拉後，野狗交媾似地小突刺。

作為一場遊戲，被阿的照例要放聲大叫、奮力掙扎，薛西佛斯若無視於推巨石上山為一場苦刑，則諸神的懲罰也就只是自討沒趣。阿者、被阿者雙方臉上都出現一抹或興奮或痛苦，熱烈的紅暈，像似某些宗教活動帶來的狂喜，酒神的慶典。當然，也有被阿者一落地便翻臉的，惡作劇者只得訕訕道歉。至於那些事後打小報告的抓耙仔，將長時間被排拒於某些青春同盟；反倒暗暗記恨，伺機透過同一套遊戲規則找回公道的人，贏得了友誼。

這種遊戲是不會找上我的，我有一層「好學生」的保護膜，並非出於敬意或不敢挑釁，絕不是，而僅僅，我猜想，僅僅只是因為我不好玩。事實上我也害怕得像逃躲避球，一察覺風吹草動，便遠遠地站到安全距離外，慶幸著、張望著，卻也羨慕著。

阿魯巴以遊戲之名現身，但它的本質不脫霸凌，關乎身體，關乎男性情誼，關乎誰和誰同一國的分類帽儀式。

一起看小本的、一起看小電影，比賽誰尿得比較遠，同時暗暗打量誰大誰小，青春期的男性情誼常常建立在性上頭。《假面的告白》裡中學生有個玩鬧，趁人不注意時偷襲對方胯下，三島由紀夫稱它為「低級遊戲」，我曾特別到他的母校，學習院中學，在無人的秋日午前，靜靜凝聽他們的喧譁。

若這是部ＹＡ電影，大人自然要扮演反對的角色。校方不僅集會時再三宣導，還叫了幾名一身流氓氣的學生到教官室曉以大義，禁令卻像助長火勢的風，在教官室外走廊罰站的野傢伙們，偷偷朝他們的故意路過的同夥作鬼臉。

是直到大事發生了，阿魯巴才驀然止息——

有人受了傷，醫護室無法處理，必須轉送鄰近基督教醫院的那種程度。第一個人嘻嘻哈哈：擦傷骻邊罷了。第二個人曖曖昧昧：卵葩破皮啦，沒什麼了不起。第三個人則以一種地下傳播特有的，放輕了音量、壓低了頻率宣稱，擠豌豆那樣，蛋蛋爆開，變太監了。圈圍著的一小簇人，都訝異得說不出話來，一會兒才有人一臉怔忪冒出一句，唔，變太監了啊。

沒玩過阿魯巴的我順利自高中畢業，卻沒能順利進入理想的大學，像枚瑕疵品般，讓作業員自生產流線上挑起，留置複檢區：我進了補習班。補習啊，概念與人工養殖相近吧，填鴨填鵝，北海的漁夫會拿色票比對鮭魚肉的顏色，而決定在飼料裡添加什麼化合物。我當起了被囚在籠裡的鴨、鵝，萬頭攢動競吃色素飼料的魚群裡的一隻。

至於補習班名師，搭飛機南北趕場，也同樣隱隱地在相互較著勁。有一名年輕老師名叫王文英，你猜她教的是哪一科？嗯，沒錯，將她的名字倒過來念，便有了那一股霸氣。

也是教英文的蔡方，好講黃色笑話。學生裡有出家人，著灰色袈裟，上課專心致志，下課閉目養神，沒見她說話也沒見她吃飯過，偶爾拿出水壺抿一口倒是有的。蔡方講完葷笑話後向她道歉，唉，如果我不講這些，那些男生的頭就都垂下去了，阿彌陀佛。態度也是輕佻的。有回蔡方重複了上一堂課的內容，相同破口安插同樣的葷笑話。可知這些笑話並非隨興之所至，而是授課講義一部分，排演過的。

還有一個教歷史的陳國恩，長相俊美，不吝耍寶，若要他在講台上載歌載舞大概也不成問題，十分受學生歡迎。陳國恩最擅長用他那口台灣國語教學生背口訣，「餓的話每日熬一鷹」是八國聯軍，「一死救爾」是哥倫布發現新大陸的一四九二，「黑狗養老公狗」則對應了六項英國社會福利制度。他總強調，要學他的「標準」台灣國語才不會背錯。這些口訣一經背誦，三十年過去，我還依稀記得。

上課時，陳國恩拿出他自己的博士袍穿上，說，你們放學回家都很累了，會想小睡一下，沒想到一覺到天亮，對不對？要避免這種情況呢，就要穿著你們最喜歡的衣服上床，怕壓壞它，就不會睡太久了。重考生過的，就是這種連睡個覺都有罪惡感的日子。

死水裡泅泳，就將要窒息，卻在五月天，大事發生了。了無生氣的沙丁魚群，闖進一條鯰魚，引起巨大的騷動。這時候，黑板上倒數計時的數字，只剩下了三十多，教材已經授完，餘下的日子由學生自主管理；雖說自主管理，也都要在班導師的監督下進行，誰缺席了，電話便魚雷般追蹤而至。

沒有第一個人的嘻嘻哈哈、第二個人的曖曖昧昧、第三個人的杯弓蛇影，我是廣播裡聽到的消息。

那個假日午後，躺頂加小屋單人木板床上，燠熱難當，漬物似地濡濕了一身汗水。廣播裡戰鼓鼕鼕，伴以哀樂，播音員激昂、沉痛、悲切，片片段段，斷片般地宣報來自天安門的消息。那麼遠、那麼近，那麼清晰而又模糊，我無法剪裁它們的內容、縫補它們的意義，只任河水漂染，留下來的，成為我心上永不褪色的記憶。

補習班的氣氛有了微妙變化，經過同學三三兩兩聚集的地方，走道、樓梯間、男生廁所，有些聽不清楚具體內容的聲音對話著，帶著一股壓抑的憤怒。過去是各過各的、冷敲冷打，這時候有了熱度有了火氣，有了共同的關心、相似的觀點。

六月五日，一進教學大樓我便驚呆了，是誰趕了個大早貼滿牆揉皺了的報紙，報紙上以紅色墨水筆將一則則來自天安門的消息圈起？有人握緊拳頭，低吼著幹，有人咬牙切齒說，讀書有什麼用？便有人真的拋下課本，跑去靜坐、抗議、遊行。

班導師急了，他藉考前猜題的名義召集同學。這時候也只有考前猜題能讓所有人出席了。倒也並非虛晃一招，而是確確實實地以天安門事件為核心作了臆測：歷史會不會直球對決，考北京的建城歷史？地理會不會考北京的樞紐地位？作文呢，直截了當的就是「我看天安門事件」，換個方式，「勇者的畫像」、「論勇敢」？耳際盡是原子筆畫在紙面的刷刷刷，我也不敢輕忽，心裡卻有異樣的感覺，感覺過早地賦予了這個發生中的事件意義，變成科舉的禁臠。

猜完題，班導師精神喊話。他是一個瘦小斯文的大學生，即連大聲說話都有點勉強，何況憤怒與激動。班導師像隻傘蜥大張牠的頸傘，嘶嘶嘶地說，你們只是個高中生，誰鳥你們啊？你們就是一團屎嘛，大便嘛，沒考上大學你們什麼都不是，認清事實吧，等上了大學，你們說的話才有人理。有人霍地提起書包走出教室，碰地一聲門被關上。傘蜥一時蔫了下去，喃喃「誰鳥你們啊」補白，隨即振作，繼續張著頸傘，嘶嘶嘶，嘶嘶嘶。

等待一場革命。

那一個六月中旬的午休時間，風中飄來幾句耳語，幾名男同學交換眼神，緊接著貓著腳步上樓，一個轉角不見了身影。我進教室趴課桌上，睡不著，翻來，覆去，睡不著。終於決定影子般尾隨著上樓。樓梯盡頭是一扇黑黝黝的鐵門，門後傳來嘶吼與哀號，把自己掏空了那樣地呼著喊著。鎖已被撬開，微開一隙，天光像水銀流洩，我傾身偷覷。等的是革命，來的卻是一場遊戲，兩個男同學架著他們的同伴，沉酣地玩著阿魯巴。

一雙晶亮的眼睛發現了我，理該轉身離去的，然而當我與梅杜莎之眼對望，石化在了原地。我看著他朝我走來，來吧，我也需要一場阿魯巴。梅杜莎慢慢走到我面前，我將接受他的邀請？但是，他只給了我一個微笑，笑容裡似乎帶著歉意，或不懷好意？然後，輕輕地他將門闔上，留我一個人在黑暗裡。

貓的（沒有）隱喻

范進已經不年輕了，並非說他年紀有多大，而是比起同班同學，所謂的高四生，這是他待在補習班的第三年。

自然，范進不叫范進，這是我，不，不是我，這是吳敬梓安給他的代稱。不過，他的成績並不差，這世上不乏非第一志願不讀的考生，第一類組則台大法律系，第二類組則台大電機系，第三類組：台大醫學院，在那個年代，似乎還常被拿來當作典範。范進，我是說我的同學范進，孜孜矻矻地，正為一舉成名而有十年寒窗的準備。

「寒窗」啊，就在南陽街，短短約莫三百公尺，疊沓如松果鱗片般設了無數個補習班門市，我報名上課的那一家也不例外。然而，我只在南陽街上了幾個星期的考前衝刺班，其餘時間，教室都在館前路。就在館前、襄陽路口三角窗，三井物產株式會社舊廈左近一幢大樓裡，低樓層是學生宿舍，五樓以上全租來當教室。

范進不太與同學相往來。他的眼中有一種，嗯，該怎麼說呢，有一種不知該叫堅持或是執拗的光。他看著你，其實他沒有看著你，他的視線穿過你，落在遠方。

中午，同學大多訂了便當，教室用過餐後，趴課桌上小睡一兩刻鐘，范進的位子卻多半空著。他一個人下樓，走過三井舊廈紙屑與塵埃滿布的騎樓，等綠燈亮了，橫越襄陽路，在新公園音樂台的露天座椅區待上一會兒。

初夏，嘰嘰喳喳吵了一季的杜鵑花終於噤聲，音樂台露天座椅區邊角，錯錯落落十數棵阿勃勒，綠葉蓊鬱，前一年結的莢果還懸在枝梢，而初萌的花梗已經現蹤，叮叮咚咚，像一串串笑聲。

這是第幾回范進在花樹下的午餐？這一回，有喵嗚喵嗚的哀鳴自天際傳來。若是輕喜劇，鏡頭將一轉而為悠悠白雲，晴空萬里，大地含笑，上帝派一隻貓當使者，到人間布達神諭。范進卻不是諧星，他皺著眉頭像解不開考題，在扶疏的枝葉間尋啊找啊，很快地發現，叢葉間顫巍巍站著一隻小黑貓。

當目光與小貓的雙眼對視後，他明白，自己再也無法置身度外。

仰頭，雙手大敞，輕聲呼喚。范進並不擅長說溫柔和甜膩的話，但有些溝通超越語言，小貓明白了他的心意，試著移步，猛地卻一個趔趄幾乎摔落，爪子倒把樹幹抓得更牢了。

凝視著范進的，同樣是那雙玻璃彈珠的雙眼。該怎麼辦呢？也爬上樹去嗎，或到警衛室借A字梯來搭救？就快上課了，沒時間蘑菇，范進決定用力搖撼樹幹。摧枯拉朽般，幾串黑褐色莢果在空中胡亂舞動著，咿咿呀呀，像一疊聲哀哀的呼救。

啊地一聲范進摀住了臉。小貓在驚慌失足之際，仍對準他的懷抱，卻在落地前劃傷他的臉，留下幾道淌著血珠的細長傷口。

從此，小黑貓就跟定了范進……

——唉，我就承認吧，范進救貓，只是我腦洞大開，自己的想像。

緣於范進左臉頰，鼻翼到嘴角之間，有幾道淺淺的，細而長的疤痕。偶爾與他對話，我總不由自主盯著出神，像警探做犯罪側寫，編織它們的履歷。然而，那些故事片片段段從來沒有被完成，維持著也許是這樣、或許是那樣，可以這樣、難道不能那樣的未凝固狀態。直到多年以後，讀了烏韋．提姆的《咖哩香腸的誕生》，我才又想起范進，想起范進的貓咪鬍鬚，落實了故事的版本，也藉此連結上他養的那隻小黑貓。

范進的黑貓就養在宿舍。

補習班宿舍床位有限，優先提供給外地來的學生，范進台北人，不知為何也有一張床位。但他並非天天在這裡過夜，只為了晚自習後趕不上末班車，可以就近休息。白天，貓在外頭溜達，晚上才回宿舍享用為牠準備的貓糧，太陽出來了，又悶聲不響外出。有個清晨，牠就夾雜在人群裡，搭著電梯到頂樓。人們都嘖嘖稱趣，但沒人追究貓是哪裡來的。

如果可以搭電梯，貓也就不必爬樹了?!誒，話也不是這樣說啦。

在烏韋．提姆的版本裡，貓是讓狗給追上樹的。靠著腎上腺素的助力而爬上榆樹，待危機解除，卻下不來了。過了一夜，當過戰地工程師的茨維格先生自告奮勇爬上樹去，卻把貓逼往更深處。結果連茨維格先生也拿捏不準自己所在的高度，進退維谷，最後是叫來消防車，靠著雲梯才把一人一貓給救下樹來。

村上春樹的《棄貓》，也有一隻爬樹的貓。村上說，牠「簡直在向我炫耀有多勇敢，多靈活似的」，一溜煙爬上院子裡一棵蒼勁的松樹。村上張望，找不到貓的蹤影，只聽見牠發出的求救聲。隔天清晨，村上站到樹下，叫著貓的名字，但得不到任何回應。小貓呢，會不會就乾死在樹上了？日後他常這樣想著。

至於我為范進編造的故事，好像一節經過濃縮剪輯的短片，貓一開始就站在阿勃勒樹上，我甚至沒有為牠為什麼爬樹找個理由。

應該這樣說嗎？——不管榆樹、松樹或阿勃勒樹，這一切無非指向升學之路，或因為人和體制的催逼，或為了展現自己的能力，也或許，根本沒有任何理由，一批批學子蒙頭蓋臉走上這條路。——我似乎應該順勢這樣總結這個討論。然而不是的，無關乎隱喻或象徵，我只是在書上讀到一個故事，因此想起我的補習班同學范進，為一個懸置多年的想像收尾。

更何況，要說自己是盲目走上升學之路，那真有點兒故作天真了。

貓為什麼要爬樹？也許是為了更好的視野。孩子為什麼要上學？因為唯有通過教育，一個貧瘠農家出身的人，才有機會改寫自己的命運。

當然，這是屬於八〇年代的信仰了。

回到一九八九年，夏天伊始，來自天安門的消息濃煙般滾滾湧來，嗆得十八九歲的少年們躁動不安。一個尋常清晨，補習班大樓圍起封鎖線，我和幾名同學站館前路上，遠遠地我們都看見了，二樓樓面被燻了一層黑色輕霧，而范進一腳踩在封鎖線裡，與班導師交涉著什麼，激動得太陽穴青筋爆起。有人告訴我，宿舍前一晚起火，范進在找他的黑貓。

連一堂課都沒有耽擱地，我們被安排到南陽街上起了考前衝刺班，范進的黑貓是死是活，再沒有聽人提起過。

至於范進，我想到命運，或許真有一種叫作命運的東西。（雖然，人們口中的命運，多半是後見之明。）命運聽見我們的吶喊，回應我們的渴求。多年後我偶然得知，重考多年的范進，後來在補習班當起了班導師，漸漸地也為那些以前搭飛機、現在乘高鐵南北奔波的名師代幾堂課，最後終於有了專屬於自己的課程，過上在補習界雖沒有太大名氣，但物質十分優渥的日子。

比起對大學生活的憧憬，或許范進更鍾情於補習班？有時我不免這樣想。

有一個地方叫作Kokomo

散場時，日光已經放軟身段，有些店家早早地將燈箱點亮。街市蒸騰著飽吸一日的熱氣，混濁、淤滯，毫無氣象預報所說，鋒面即將來臨的徵兆。

Aruba, Jamaica, oh I want to take ya，鴿子唱片跳針似地哼著，Bermuda, Bahama, come on pretty mama... 多數時候他只能含糊帶過，唯有那句there's a place called Kokomo唱得清脆響亮，把空氣翻攪得加勒比海上一座熱帶島嶼似的。

走著走著，鴿子隨手自違停摩托車的車籃子裡撿起一支蘆筍汁空鐵罐，甩乾後，拋出，接下，再拋出，空中翻了個身，又接下。試過幾次，當鐵罐成功轉上兩圈時，他露出齊朵朵一排白牙朝我笑了笑，很得意地。

終於，在鴿子試圖自背後接住鐵罐時落了空，哐啷哐啷地，隨著騎樓的地勢滾啊滾，滾到車輪底。他四處張望，又撿了支沙士玻璃瓶，拋接把玩，很快上了手。

鴿子是我補習班同班同學，假日裡，說好了來找我一起做功課，卻在一碰面便拿出報紙分類廣告，拉我去美麗華看電影。美麗華是二輪電影院，一張票可以連看兩場，一部大片、一部雞肋，這回主打的是湯姆．克魯斯，兩年前他以《捍衛戰士》裡的飛官風靡全球，這次則變身為酒保布萊恩。

剛退伍的布萊恩，搭著巴士到紐約闖天下卻屢遭碰壁，最後當起了酒保。憑著他迷死人的帥勁，加上花稍的身手，轟地在曼哈頓夜生活圈炸出一朵蕈狀雲。以一張笑臉當通行證無往不利的布萊恩，卻讓愛情絆了個跤，因此遠走加勒比海……

一看完電影，鴿子就不再是鴿子了，他被湯姆．克魯斯附身，拿玻璃瓶當調酒杯拋甩，露齒學他綻出浮誇的笑容，自信又自戀。即連回到竹林路九十一巷頂加小屋，我據著書桌複習功課，鴿子把講義鋪在單人床床板上，也靜不下心來，手上拿著一本《世界電影》雜誌東翻翻西翻翻，嘴裡還在阿魯巴、亞買加地哼著電影主題曲，海灘男孩的〈Kokomo〉。

鴿子啊鴿子，你知道嗎，世界上並沒有一個地方叫作Kokomo。

後來，他摺了隻紙飛機，起身，走出房間。一會兒後，聽見他在窗口低聲喊我，急促，熱切，因應他鬼祟的呼聲，我也輕手輕腳，像隻覬覦砧板上鮮魚的貓似的。

鴿子領我站到女兒牆前，順著他的手指俯望，是一巷之隔，對面的一扇窗口。儘管拉上了百葉窗，但因為我們倆居高臨下，視線自縫隙斜切進屋，屋裡的動靜都看在眼裡。

那是個浴室，一對年輕夫婦正在共浴，潑啦潑啦，不可能聽見水聲的，但是潑啦潑啦的水聲在耳際響動。潮水漲起，晃晃蕩蕩，使我沒頂。我一頭一臉發熱，不過，讓我動彈不得的卻是，如成熟野菇一蓬一蓬噴發著孢子囊的熱氣，呼在我的後頸項，潮濕，搔癢。鴿子，你別鬧了。

感官世界，天河撩亂。怎麼還有心讀書？

兩人摺著紙飛機玩。

吮一口食指，立於空中探測風向，將紙飛機捏在指尖，助跑三兩步，順風擲出。目光緊緊盯著，看它在空中畫了個弧，被風帶往遠方。飛起來了，飛起來了，我們倆也跟著飛起來了。視線緩緩推移，俯瞰這座小小的城市，屋子裡有燈，騎樓底有人，馬路上有車，喧囂、稠濁，紛亂中生機蓬勃。

月光下，兩人的影子落在一衣帶水的新店溪，落在磚紅色草綠色錯雜的鐵皮屋頂，落在路旁的機車腳踏車，落在下班時間堵在馬路上的公車私家車。

那個晚上——韓國街小餐館跑堂尋一個空檔，偷偷到後巷抽了根紙菸；藉口哄不停哭個沒完沒了的幼兒，新手媽媽推著學步車到仁愛公園透透氣；被塞在中正橋上巴士裡的乘客百無聊賴……那是個還沒有總是讓人低頭的手機的年代，夜裡，人們習慣抬起頭來看看天色，就在這個尚未熟透的冬夜裡，他們看見兩個少年，共乘一架紙飛機在夜空中翱翔。

有人不相信自己的雙眼，有人將信將疑，只有坐學步車裡那個孩子看在眼中，不知道什麼是相信，不知道什麼是懷疑。三十年後，這個孩子是房仲公司的小主管了，有一回他在茶水間跟同事提起，小時候他曾見過，有兩個人飛過天幕，這是他最早的記憶。自然是不會有人相信的，同事自嘲地回他：房仲耶，我們是房仲耶，連你也相信自己說的話嗎？他內心風景的色階黯了一格，摸摸自己的小肚腩，笑著對同事說，也對，也對。

「看見」這回事，誰說了算？

鴿子說，我們把願望寫在紙飛機上好不好？許願一般，儀式一般，把願望寫在紙飛機上，讓它帶到遠方。

舉起紙飛機，鴿子說：敬健康和友誼。是電影裡的台詞，然後呢？經過他的提示，換我說：敬生命與愛。機鼻碰機鼻，接吻似地：敬我們的未來。

未來啊遠方啊，青春就是習慣把這些字眼掛在嘴上。

如今，我是來到當時的未來、當年的遠方了，我想像過，哪裡是我所追尋的Kokomo嗎？有的，那麼多的盼望那麼多的慾望，那麼多的期望那麼多的想望，曾經有一個，我也想活成一個帥氣的人，酒保布萊恩那樣，面對挫折與磨難，報以一個笑容，自信自戀地，隨即拋卻腦後。可是啊，愈是這樣想，人生就愈朝另一端傾斜，大傷小痛纍纍鬱積成一場場無法真正痊癒的慢性病，時不時在心口發炎。

至於當年，十八歲的我，一個重考生，能有什麼願望？我的紙飛機在空中稍作盤旋，很快墜落，鴿子彎身拾起，拆開、攤平。不知為何，瞬間他變了臉色，質問我：就這樣？對啊，除了考上大學，我還能有其他願望嗎？鴿子幾乎要翻臉了，再度質問：就這樣，你就只寫了這個？這時候，如果他給我一拳，我也不意外，但是他沒有，他只是掄起那支拾來的沙士瓶，緊緊握著。

那你寫了什麼？我問。鴿子不說話。他的紙飛機飛往遠方，不知去向。

起風了，雨細細飄下。我堅持送鴿子到巷口，目送他搭上巴士。

摸索著方向，去找鴿子的紙飛機，我想知道鴿子的願望。潑啦潑啦，雨愈下愈大，我奔跑了起來，潑啦潑啦，我加快腳步，必須趕在紙飛機讓雨水淋濕前找到它。

啟蒙前夕

還住廈門街時，常徒步經過強恕中學，一個假日正午，趁警衛頭一點一點打著盹，我穿過窄門，站操場邊沿鬱鬱蒼蒼的榕樹陰影底。白頭翁在牆頭呱噪，紅色瓢蟲攀著氣根往上爬，我看見一名少年帶著雀躍的表情，喘氣吁吁小跑步橫越操場。

少年參加大學聯招，剛考過數學，自忖得分不差，這樣就輕易可以上國立大學了吧？他繳出試卷，頂著豔陽，興匆匆奔過一整座操場，告訴陪考的哥哥，考上了我考上了。

身旁陌生人投來打量的眼神。

太自以為是了，成績公布，數學得了個低分。怎麼會這樣呢？少年為自己的錯估成績而感到羞愧。會不會填錯答案卡了？或是批改錯誤？申請複查但不能改變結果，結果就是必須在選校或選系上為難。

志願卡該怎麼填？過來人多半建議，選校不如選系，但也有人主張，等進了理想大學再設法轉系；至於國立、私立學校的學費落差，也是少年必須顧忌的。

少年——我，我就是那個少年——是第二次參加聯考了，參考落點分析，發現自己雖可以上國立大學，但並非心目中前三志願。唉，怎麼辦呢？

想吃糖的孩子，是該堅持放在高處，想方設法拿不到，卻在他眼中閃著奇異光輝的糖果罐，或屈就於伸手搆得著，但馬馬虎虎的那一些？補習班裡就有些同學，已經重考兩三年，倒也並非成績差，而是不夠好到可以進他們非第一志願不讀的科系。

當時我雖難掩失望，卻還沒意識到，在想讀的和能讀的、想要的和能要的，在想做的和做得到的之間的落差與拉鋸，會成為自己一輩子都必須面對的人生哲學。

人生啊，拉長了戰線來看，可以清楚畫出一條逐漸下修的曲線，一回回屈從於現實，一回回降低期望值，試圖在新的低點安身立命，說服自己能要的就是想要的、能做的就是想做的，直至低到塵埃裡。

當然，凝視自己的闕漏，正視自己的不足，務實地、踏實地，隨遇而安，我們也可以稱它為一種深諳人生況味的智慧，優雅的處世態度。

拿著志願卡，我小心翼翼以2B鉛筆塗上一顆顆小黑豆。我一向對生物、物理的興趣大過於文科，是為了想讀中文系，才選第一類組，第一志願自然是國立大學中文系，緊接著私立學校則以傳播學系優先排序。

志願卡填妥後遲遲沒有交出，要讀中文系嗎？「我的志願」即將落實我卻遲疑了。

科學家說，我們仰頭望見的星芒，其實遠從光年以外傳來，我們所看見的，不是星體的現在而是星體的過去或殘骸。三十多年前，沒有網路沒有高鐵，城鄉差距懸殊，地理的距離也即時間的距離，家鄉竹圍仔遠在光年之外，還走著牛車，偶有黑頭車開進鄉間小徑，到隔一畝田位於我家對面，專治跌打損傷的春生堂找狗屎仔問診，村人口耳相傳地，都站到我家大門口探頭探腦，獵奇地張望。

啊，都市來的喔。都市人像另一個物種。有回，來的是矮仔財和大箍玲玲，銀幕上的矮仔財乾乾扁扁像個受氣包，本人呢，大家紛紛讚嘆，大明星就是大明星，穿西米露結油炸粿，真神氣，真有派頭，至於大箍玲玲，皮膚粉嫩粉嫩的，走起路來搖啊擺的婀娜多姿，足媠耶。

小學讀的是鄉下學校，九年國民義務教育，直升小鎮上的國中，畢業後以怎麼能忘記呢的555.5分進了彰中，每天清晨騎三四十分鐘腳踏車，到市區邊緣華陽崗上學，漣漪一般同心圓擴展自己的閱歷，再怎麼遲鈍，也隱隱約約察覺到，時代的風吹來，依稀帶著煙硝的氣味。

當時沒能明白，那幾年正是台灣轉型期，經歷著換血與陣痛。

高一下學期期末考前夕，爆發反杜邦示威，班上的來自鹿港、福興沿海地帶的同學，幾個人聚在一起，用只有自己人才聽得懂的台灣話爭論著，不知因為立場各異或鹿港腔天性使然，看起來那麼激烈，都快吵起架來了。多年後遇到陳文彬，電影《不能沒有你》的編劇也是男主角，長我一歲，鹿港人，他的社會運動起點，即是就讀彰中時的反杜邦運動。他開玩笑地對我說，放牛班的學生反杜邦，升學班的學生當作家。

雖然讀的是升學班，我的成績並不出色，尤其沒有參加暑期輔導，一向拿手的數學升上高二後就大幅度落後了。是有點困擾，但也沒有很在意，我的熱情都投注在創作上，寫作與繪畫，當然，還要與不太快樂的自己進行協商。

讀散文，也想寫散文，在那個散文作家大量出身自中文系的年代，中文系成了我的第一志願。

高二加入校刊社，常找理由窩在大禮堂二樓的小社辦不去參加升降旗典禮。因此認識的鄭立明很可以聊些社會意識鮮明的話題。鄭立明瘦、高，長手長腳，臉也是長的，我說他「很馬」，他沉吟片刻，鄭重地點點頭，苦笑著說，嗯，很貼切。

鄭立明講話急促，臉色蒼白，理解的微笑裡常攙雜一抹質疑，質疑的眼神中又有一道理解的光芒。他長期從事影像記錄工作，二〇一九台北雙年展在北美館展出最後一天那個下午，我在二樓展場入口看到他。要不要過去打個招呼呢？驀地想起高中畢業前夕，他在即將起建大樓的工地對我說過的，希望你以後永遠不要改變你的純真與熱情。走馬燈似地，一霎間思及自己這三十多年來不知變成了個什麼樣的怪物，我感到羞赧，輕輕背轉身，讓他離開我的視線。

我們一起迎來了舞禁和髮禁的解除。

八六年底，高雄市政府率先舉辦舞會，教育部跟進。教官說，跳什麼舞啊，等考上大學你們想怎麼跳就怎麼跳。這是教官的慣用造句，可以把跳舞替換成「談戀愛」或「讀閒書」等任何有礙圈養的行為。八七年初，當解除中學生髮禁的消息在朝會上宣布，有一兩個同學忘情地將大盤帽擲向天空，老師沒有制止，緊接著大夥兒全都摘下帽子高高地拋往半空，鬼吼鬼叫大聲歡呼。

稍早，民進黨在圓山飯店組黨也是鄭立明告訴我的，這是戒嚴以來第一個反對政黨。我不太能判斷輕重，但從他壓低著聲音說話的小心與神祕，聯想起在家裡，偶爾提到政治話題，母親便說，毋通烏白講。若已入夜，便起身順手為木門下栓。

或是長我幾歲的堂哥壓在大理石桌面的矮几底的黨外雜誌，我才一拿上手，便被大人抽走。好好讀冊，大人這樣交代我，好好讀冊，毋通蘸政治。

記得更早幾年，有個秋日午後，有一座空飄氣球偏離了航道，低低地掠過竹圍仔的天空，村民像條鞭炮引信小尾巴似地追逐著氣球奔跑，最後落在了鄰村休耕中的田裡，眾人一擁而上，爭拿乾糧、小收音機，我拾起幾張散落一地的傳單。隔天上學，老師要求，傳單務必上繳，倒是物資，誰拿到就是誰的。毋通蘸政治，好好讀冊。自小我們就被這樣教育。長大了才明白，這不正就是政治教育？

語言是我們的居所。《美麗人生》裡，小男孩約書亞相信了集中營的一切都出於一場遊戲，他僥倖逃過一死，而美軍開來的坦克是他贏得的獎品（電影也就沒有辨證，禮物一般的坦克，其實也是殺人的工具）。我的長期被黨國思想馴化的語言，翻一翻黨外雜誌就能夠透徹一切嗎？我很懷疑。但它是一顆種籽，有人想要抑制它發芽的本能。

非洲南部高山上的山龍眼，豆莢裡的種籽潛伏經年，它們在等待一場大火，火焰將焚去外殼，讓本能得以釋放出來。大火清除了地盤上的競爭者，又留下豐富有機質，為山龍眼種籽的落地生根創造優越條件——我的啟蒙種籽的萌芽，也等待著一場大火。

戰火在天外燃燒，遠比我從盛竹如、沈春華、李艷秋口中得知的電視新聞還要翻天覆地——在台北讀書的大哥打電話回家，壓低著聲音說，可能很快就可以到大陸去了。大陸？那個還在嚼樹根、吃香蕉皮的赤色大陸？自小作文，不管寫些什麼，最後總要來上一句「解救大陸同胞於水深火熱之中，將青天白日滿地紅的國旗遍插在神州」的神州大陸？兩岸長達四十年的對峙與封閉，大哥卻說可以到大陸去了，我回嘴「怎麼可能」，以為他在說笑。

萊諾．里奇領唱的 We are the world, We are the children... 餘音裊裊，那裡有一個四海一家的理想世界。中國大陸也在這個世界裡嗎？

圓山動物園即將搬遷，滾石歌手齊唱〈快樂天堂〉，大象長長的鼻子，舉起了全世界的希望，孔雀怒張華麗長尾羽，掃除每個人的沮喪，還有河馬，河馬一張開牠的大口便把你我的煩惱吞進肚子裡，老鷹啊老鷹，馱著我飛得更高看得更遠，但我沒看見長期被視為漢賊不兩立的兩岸，竟然可以往來。難怪落榜後，大哥說，上來台北吧，來接受Culture Shock，文化衝擊。

高三時，學校收拾了理化實驗室當學生宿舍，索性住校。聯考已經迫在眉睫了，我卻更熱中於校刊社的聚會，讀三島由紀夫，與琦君通信，晚自習時和死黨偷溜出教室，坐操場邊沿階梯上，聽他談三毛，流浪、吉普賽、波西米亞，低低應和他忘情地唱著的，每個人心裡一畝一畝田，每個人心裡一個一個夢，一顆呀一顆種籽，是我心裡的一畝田……每一名少年都有一個只屬於自己的心才能夠抵達的未來，循著文學，循著書信，循著投向遠方的眼神，好像那裡就有被應許的桃李與春風。

所謂的「時代」啊，作為一種氛圍，一個成長的背景，猶如蹲在灶口隱隱感受著溫熱，並未具體襲擊了我。我渾然不知戰火已在天外燃燒，玫瑰色的世界讓這裡一簇那裡一團的野火燎成了火紅——

石破天驚地，八七年夏天，總統蔣經國宣布解除長達將近四十年的戒嚴令，緊接著就證實了大哥所說，行政院通過赴大陸探親辦法，老兵終於可以回到暌違四十年的故鄉。隔年元月間，晚飯後我窩閣樓上，突然聽見父親喊我，急促地說，蔣總統死掉了蔣總統死掉了。李登輝接任總統。四月，研擬擴大農產品進口數量與種類，引發農民恐慌，五月二十日，雲林農權會領著大批農民北上抗議，當天下午兩點，警民爆發流血衝突。

隔日是星期天吧，午後，陽光直曝稻埕，反射進起居室，屋裡亮晃晃又暖洋洋，我與父親——或許還有旁人，但記憶的畫面裡，就只有我與父親兩個人——我們倆盯著電視螢幕，一語不發。我的喉頭乾乾的，發癢。

老三台，台視中視華視。

「七點三十五分左右，」是女性播報員的旁白：「群眾在城中分局門口，燒燬了一輛警用機車，原本外圍一直採取守勢的警察，覺得這時候已經無法再不採取行動，於是開始以鎮暴警察強力驅散，而爆發了今天衝突的第一個高峰點。鎮暴警察以鎮暴隊形走向群眾，消防車的水柱源源不斷地噴灑，然而群眾卻忍不退後，反倒不斷地以木棍石塊揮打丟擊警察，鎮暴警察含悲忍痛，逮捕一個個頑力抗拒的滋事分子。」

「七點四十五分，警方在人群車隊裡截獲一部農民載大白菜的車子，就在表層的大白菜下，發現一整車的石塊，顯然今天的衝突已經不是單純的臨時爆發的。」播報員逐漸強化情緒：「隨後警方逮捕了林國華、蕭裕珍等八名帶頭滋事分子，群眾憤怒情緒更加激烈，在激烈對峙當中，採訪的記者親眼看見，群眾裡有人向警方丟擲了一枚汽油彈，卻很遺憾來不及拍下這個見證。」……

播報員以字正腔圓的國語力證自身的專業，卻用煽動的口吻與修辭，選擇了立場，詮釋出「證據確鑿」的一幅圖像：在陰謀暴力分子的策動下，幾近瘋狂的群眾不理會警方勸導，以預藏的石塊、木棍與汽油彈攻擊警察，造成流血衝突，警方迫不得已，只好以強力水柱驅離，但仍無法阻止暴民的惡意叫囂與挑釁。

——不不不，這些細節與觀點，都已經過了補充與修訂，我在記憶漫長的氧化過程中，也選擇了自己的成色。還原當時，我記得的是，我與父親看傻了眼。報導告一段落，父親清了清喉嚨，乾澀地說，也不能怪政府啦。而我，還不知道怎麼選擇我的立場。

那幾年，在野黨與執政黨立委在國會殿堂互毆，潑水，擲杯子，摔椅子，角力，搧耳光，打群架，電視新聞譴責國會暴力，引國外媒體將台灣國會新聞放在體育時段播出，當作笑話看。我同樣感到丟臉。另一方面，也認真思索著朱高正所說：在國民黨獨裁時期，反對黨為有效監督，必須採取極端的手段；溫和的問政方式，無法有效推動民主發展。

明確感受到的是，螢幕上的烈焰喧天，正焚燒著潛伏經年的豆莢，保護殼逐漸灰化，啟蒙的種籽暴露於天光之中。

一九八八那一年，年底，有家報社回顧當年精采影像，曾將該年定義為「換血年」：

「今年堪稱台灣的『換血年』，如果我們把這塊土地比擬為一個人的身體，我們不難察覺到它的體內機能，在今年一整年裡，有相當程度的運作，發揮了許多轉換功能。這種新陳代謝分布於各層面，從政治人事到社會動態都可見顯著跡象，此間種種新舊的交疊、衝擊、更替，正以強勁的催化力活絡著台灣的血脈。

「換血，使台灣迥異往年，在一九八八年度顯得格外賁張亢奮。

「台灣今年展現力道十足的動感，在鏡頭下表露得尤其明顯，透過畫面，我們幾乎聽到這塊土地深沉的心跳已經擂鼓聲大作。台灣肢體安措了多年，這次得以灌注新血，正以大開闔的姿勢躍撲向前。」

「換血」的關鍵年代裡，我在大哥的建議下負笈北上。從邊陲到核心，過去透過電視或報紙才能知曉的新聞事件，有時候就在身邊上演，我成了目擊者、見證人，我既為時代作在場證明，時代也為我作在場證明。我的心中翻攪著一股騷動，無以名之，就用三島由紀夫的話來命名，叫它「抒情性亢奮」吧。

「換血」的關鍵年代裡，我身在其中，見識、見證，同時也逐漸裂解，摸索著、學習著，在渦流裡浮浮沉沉試圖掌握自己的去向，卻常是一艘無槳之舟，被巨浪吞噬、淹沒，我是我自己，同時我是時代的浮沫。其實我，和多數的人，都既是時代浪潮中一顆無名小水滴，也是集合名詞裡的一個獨立個體，我們共同形成了一個紛繁萬狀的時代樣貌。

我鍾愛的東尼．庫許納劇作《美國天使》，由一場猶太教告別式上教士的演講揭開序幕。

教士手上拿著一張家屬名單，聲音宏亮地坦承，自己並不認識身旁這位躺在粗糙松木小棺裡的老太太，他無法公正評價她一生的善與惡、好與壞，無法訴說她的事蹟，然而，「其實我很了解她」。教士撫摸靈柩，繼續說：「她不只是一個人。她代表了一群人，這群人越過海洋，把俄羅斯和立陶宛的農村帶來美國——我們為了家庭，為了猶太人的家庭奮鬥、努力，你們才不會在這裡出生長大。」

教士說：這個地方很奇怪，說是大熔爐，卻什麼也熔化不了。這位移民女士的後代，你們之中那些沒有取猶太名字的人，你，和你們的子子孫孫，都不是在美國長大的。你們並不身在美國——美國對你們來說是不存在的，你們踏在腳下的，是立陶宛農村的土地；呼吸著的，是東歐大草原的空氣——因為她把舊世界駝在背上，飄洋過海帶了過來，放在巨匯大道上，放在平叢，她將泥土植入你們的骨肉裡，你們再把這古早古早的文化和傳統，傳給子孫。

自然，在移動如此便捷的現代，後人再無法複製老太太的壯舉了（或說，哪怕飄洋過海，也稱不上壯舉了），但是，教士強調，你們的日常生活中，每天都要度過這種越洋的旅程。他強化語氣：「每天都要。你們了解嗎？那段旅程，就在你們的心中。」

「那段旅程」指的不只是空間上的距離，也是時間上的跨度，我們一起走過的戒嚴時代，一起走過的破壞與重生的八〇年代，喧囂浮華的九〇年代……只要經歷了，從來沒有真正「過去」。個人來說，它積累在心中，成為生命的底色，群體而言，它成為集體記憶，寫進基因，陪著我們來到現在，一起邁向未來。

我們都是時代的產物，時代也是我們的產物，那位躺在薄棺裡的瘦小女性，也許除了她的親人以外，無人相識，但並不能抹滅她是她自己，她也是一個族群、一個時代的縮影。

而書寫，尤其有「我」的散文書寫，對我來說，便是從「我」出發，進而達到「我們」的技藝。

第二年，重考成績出爐，我循著素來的願望，將中文系列為第一志願。志願卡填妥後遲遲沒有交出，我不能不意識到，我已經不是一年前的我，五二〇之後，這一年來已經有了感覺得到卻難以言說的變化。

交出志願卡當天，我更動了排序，將大眾傳播系填在了第一志願。

群樹之歌

理二舍一個不顯眼角落裡，花台上倚牆種著一棵莿桐，樹幹微斜踩著三七步，四五尺高後「一」字躺平成短橋，緊接著才又往上瘋長。

深夜裡，偶有趕不上門禁的學生，攀住這棵莿桐，踩橋上爬進二樓小陽台。陽台連接閒置的畸零空間，一溜對外窗戶中總有一扇沒上栓，像給遲歸的家人留一盞暖色小燈。窗下雖也貼有告示，禁止爬牆云云，然而，只要沒出什麼紕漏，也就繼續難得糊塗下去。

踩著踩著，莿桐短橋向陽一面早沒有了樹皮的粗礪，有人補丁般釘上一片橡膠輪胎止滑。

一日，遇上當年同住理二舍的同窗，聊啊聊，聊起這棵站著一把梯、躺著一座橋的莿桐樹。同窗說，有嗎？他偏頭，倚靠撐在桌面的手臂，食指輕輕敲打太陽穴，像似在深海發出聲波，等待岩層的回音。有嗎？他又問。問得我如在目下的畫面也迷離恍惚了。

那，陳淑樺的〈夢醒時分〉唱在一九八九不會錯了吧？同窗尷尬笑了笑，顯然他心裡沒底。狡猾地回我，你說了算。

八九年秋天，頂著個剛下成功嶺的小平頭來到輔大，被分配住進理二舍，還沒進房間呢，站走廊上，就聽見薄薄木板門後傳來，「早知道傷心總是難免的，你又何苦一往情深……」這些愛情教戰守策，十八九歲小夥子，聯考烽火倖存者，誰懂啊？不過，好好聽。聆聽與勸誡，同情與同理，與其夜長夢多的纏綿，不如當機立斷的灑脫。室友一遍遍重播我們一遍遍哼唱，磁帶毀損，清亮的歌聲裡有了雜訊，吡吡，吡，吡吡吡，揭開我大學生活的序幕。

大一到大三，理二舍住了兩年半，那些關於男寢的刻板印象：喧譁、髒亂、胡搞瞎鬧，都是真的。

有過一個室友，網球選手，他的書桌啊層巒疊嶂的看不到桌面，一張床也堆滿雜物，晚上睡覺前，扒啊扒，扒出一個洞穴藏進被窩，早上再像個被壓在瓦礫堆下的生還者一樣現身。有回他的朋友來找，探頭張望一番後，決定動手去挖，把他像煤炭一樣給挖出礦坑。

過著這樣的日子，並不妨礙他臉面乾淨、應對得體，而且，他聽蘇珊．薇格。肩著網球拍，戴著耳機，一路走一路哼唱〈路卡〉或〈湯姆的餐館〉。

誰能不愛蘇珊．薇格？簡單而優美的旋律，直白不失詩意且富人文關懷的歌詞，捕捉住一幕幕都市的風景，〈路卡〉為遭受家暴的孩子發聲，〈湯姆的餐館〉捕捉住了尋常日子的光影恍惚，清新、脫俗，不討好誰但就是討人喜歡。多年後，一名年紀與我相近老派文青，一聽這個名字，眼神一亮脫口便說：八、九〇年代，聽都會民謠的文青，誰都希望有個蘇珊．薇格一樣的女朋友。

每個學期室友略有變動，每個人帶來自己的歌單，我不挑食，室友聽什麼我就聽什麼。多數聽著聽著，宛如逝水不留下痕跡，也有的聽不來，比如重金屬，速彈吉他炫技時我只想逃，倒是有個擅長「死人睡法」的巴西僑生熱愛的驚懼之淚，聽進了靈魂。從卡式錄音帶、ＣＤ，到數位串流時代，人生幾度春秋，而我仍「Shout, shout, let it all out」地跟唱。喊吧叫吧怒吼吧，意識流動，時空彷彿白紙摺疊，位於兩處的當下與大學生活疊合在了一起。

我聽老歌也聽新歌，流行就是速度，一月一季或是一年的時新，旋即被取代，這個沉積岩般的特質讓人著迷，它形成時代剖面，也鑲嵌進個人生命史，我愛與時代共鳴共振的心跳。

理二舍正門口，長長的有遮簷的走廊盡頭，拐個彎，是白千層夾道的小徑，直通外語學院。

小徑一側，不遠處是理一舍，景觀單調，另一側，與理工學院隔著一座小草原。修葺整齊的平坦草地上，間中微微隆起一彎土丘，錯落站著幾棵槭樹，這是視線焦點，是仰望夜空，讓我們發出一聲讚嘆的，高懸的月或最亮的那一顆星，好美。我臣服於美。

空堂時，幾個要好的同學常聚到槭樹草原。怎麼有那麼多話好聊呢？有解答的問題像冒出地面的青草，一雜蕪便被刈去，無有標準答案的話題，卻是地底的根，扎得又深又牢。

比如說吧，不時會談起的「孤獨和寂寞之辨」，有人說了：「孤獨啊，就是一隻雄鳥霸占一群雌鳥的交配權，在求偶權的爭逐中敗下陣來的一隻公鳥，只能聽著遠處傳來的蜜語，獨自梳理凌亂的羽翮。」這說的是人話嗎？卻似乎有人懂了，也不拿人話搭腔：「那寂寞是什麼？寂寞啊，就是共生關係的小丑魚和海葵、螞蟻和蚜蟲、水牛和牛椋鳥，牠們找不到彼此。」眾人聽了，沉思半晌，都安靜了下來。

又或者有陣子常被提起的，「男人和女人有純友誼嗎？」這是《當哈利碰上莎莉》的大哉問（女同學裡，有人模仿起莎莉吃下沙拉後高潮名場面，便有人接話：她吃的是什麼，也給我來一份），或說有，或說沒有，說沒有的便要面對眾人的質疑：那我們這樣算什麼？支支吾吾不知怎麼回話，只聽見沙沙沙，風吹樹梢，沙沙沙。

當風吹過湖面，帶起一圈圈漣漪；當風吹過風鈴，發出清脆的聲響；當風吹過樹梢，沙沙沙，它沒有答案，只是沙沙沙——難道人生就需要答案、需要意義？難道不能只是見識、經歷、體驗，只是經過，經過生命，唱一首不為什麼而作的歌？

聽說，「移動」是人類的本能，紀錄片裡，位於喀拉哈里沙漠的某個部落，他們狩獵，靠的不是武器，而是不停地奔跑不停地追逐，最後活活把獵物累死。進入農耕時代，安土重遷，然而「旅行」已是寫入DNA的記憶，有哲學家就以旅人（Homo Viator）定義人類。儘管如此，不算太大的輔大校園，讀了四年，常走的路線也就那麼幾條，仍有太多角落我未曾像個旅人一樣前去探看。

多半時候，我從理二舍出發，走白千層小徑，途經外語學院前小巴黎（幾條長木椅圈圍著幾棵成精了的老榕樹）或穿越外院中庭維也納森林（密植尤加利樹與榕樹，總在放學後天光稀微時，遂給了我一種蒼灰黯淡冷色調印象），在抵達目的地文友樓前，還會徒經文學院的開闊大草原。

這片草原種了各色草木，我記住的卻只有那叢旅人蕉。又高又大的旅人蕉啊像孔雀自信開屏，有回李文瑗到輔大演講，就坐旅人蕉底青草地，白衣白裙，不沾惹一點市廛煙火氣。彷彿有個隱形的古希臘露天劇場，學生半圈半圈地坐她身前，當她開口，世界霎時慢了下來，溫柔、恬靜，連鐘擺也要斂去它的滴答，生怕打擾了她。

李文瑗坐在旅人蕉下，女神一般。

那還是中廣流行網全盛時期：晚上八點羅小雲的《知音時間》登場（如果你是知音，請你珍惜這份溫馨），十點，賀立時、袁海正《醉人的音樂》接棒，十一點，倪蓓蓓《今夜星辰》現聲（浩瀚星河中，我們所住的這個世界，是最美的一顆星），而在李季準的寶麗絲褲襪廣告後，《感性時間》陪莘莘學子熬夜。午夜一點，就是李文瑗主持的《午夜琴聲》了——《午夜琴聲》的聽眾朋友晚安，我是李文瑗，感謝您在這麼深的夜裡收聽《午夜琴聲》……

我「也」主持過一個廣播節目，校園實習性質，有個發起音來容易黏糊夾纏的名稱叫「電影人」，錄音室就在文友樓。

文友樓是一座口字型建築，正門前老榕夾道，樹冠隱隱然將要形成一道綠拱門，樹下青草地，每年春天三四月間，通泉草開出小花鋪成紫毯，卻總在一夕之間，該死地讓除草機給剷除殆盡。文友樓天井自成一個小宇宙，聖母像立於入口處，一汪水池、許多烏龜，池畔四五棵建物庇蔭下的椰子樹又瘦又高，攀著它們往上爬，可以摘下月亮。除了錄音室，還有暗房、剪接室、攝影棚、演藝廳……是了，這是大傳系系館。

要看電影的課都在攝影棚裡上，初開學，雅痞或頂客族形象的李天鐸老師手中揮著一捲錄影帶問：有人未成年嗎？棚裡一陣騷動，很快地目光聚焦到黃美娟身上。美娟年紀全班最小，元旦生日，還要一個多月才成年。那堂課放的是丹尼爾·戴·路易斯、茱麗葉·畢諾許等人主演的《布拉格的春天》，限制級，美娟被請出了教室。

我有過一個外號叫阿飛，香港僑生同學一聽，看都沒多看我一眼，直言「不像」。原來，粵語裡，阿飛指的是那些遊手好閒的地痞、流氓、小混混。我自己起這個外號，出處倒也不難猜測——王家衛的《阿飛正傳》，是在甘尚平老師的電影欣賞課上看的。

甘老師剛自美返台，洋溢著初執教鞭的熱情，那一天，他拿著《阿飛正傳》當教材，挖到寶似地有點興奮，重播了幾回一場一鏡到底的戲。刻在我心上的，是旭仔跑到菲律賓，卻遭生母拒見，鏡頭自豪宅外穿門進入室內，隨著旭仔的腳步登上華麗旋轉梯。緣於不願《阿飛正傳》初體驗遭覆蓋，我長期避免重看，直至三十年後才重溫。發現，同樣從室外到室內，同樣登梯上樓，然而，不是的，一鏡到底這場戲發生於火車站，緊接著就是密鑼緊鼓的肉搏與逃亡。

記憶蒙太奇，淡出、淡入，有了它自己的版本。

迷上《阿飛正傳》，每年四月十六日下午三點前的一分鐘，我（和社群網站的王家衛迷們）會想起它，想起「這世界上有一種鳥是沒有腳的，牠只能夠一直飛，飛累了就睡在風裡。這種鳥一輩子只能下地一次，那一次就是死亡的時候」。也許，我迷上的不只是《阿飛正傳》，更是創造出這麼迷人作品的電影這個形式。

那幾年台灣電影流光溢彩、璀璨奪目。

二〇二一年金馬獎，黃建業、李安聯袂登上頒獎台，李安說：「我的第一座金馬獎就是黃建業頒給我的。」那是三十年前，一九九一，第二十八屆金馬獎，黃建業：「那年四部作品讓九位評審天人交戰。」李安靦腆得有點萌：「你要不要告訴我們，是哪四部？」關錦鵬導演的《阮玲玉》、楊德昌的《牯嶺街少年殺人事件》、王家衛《阿飛正傳》和李安首部長片《推手》，「如果你是評審你怎麼辦？」結果揭曉：王家衛獲最佳導演，《牯嶺街少年殺人事件》獲最佳影片，《阮玲玉》《推手》雙獲評審團特別獎。

早兩年，一九八九，侯孝賢《悲情城市》獲威尼斯影展金獅獎，傳播系師生都當自己人的喜事高興著，一入學，學長姊便囑咐要找時間進戲院。假日裡，結伴到九份冶遊，細雨霏霏，拍照時一個個故作愁雲慘霧，笑說自己是向《悲情城市》致敬。我的理二舍上鋪床頭還貼了一張以梁朝偉為主視覺的電影海報。

當年搶讀的第二代《影響》電影雜誌就創刊於一九八九。這本雜誌初期編印精美，除了獲取些許電影知識，更在視覺設計上給了我美的啟蒙。至於拿來當教科書的，是焦雄屏翻譯的《認識電影》。

什麼都不闊綽的年紀，唯有時間大把大把地浪擲像暴發戶。一夥人窩在貴子路太陽系，看得昏天黑地東倒西歪，卻有一回屏住了氣息、挺直了腰桿，十八、九歲幾個青年男女都驚呆了，大螢幕上《巴黎野玫瑰》一開場，猝不及防地，就給了個驚濤駭浪的性愛場面，尷尬得眾人好一會兒說不出話來。仿MTV，校門口附近，建國路巷子裡有餐飲店拉一張投影幕，周間冷門時段，開出電影時刻表，一部電影、一杯飲料八十元，看完了，移師福營路小企鵝繼續閒扯淡。這門生意直做到九二年六一二大限臨頭，風捲殘雲地，才驟然退場。

太陽系關門，靠它挹注資金的《影響》也做不下去了，最終易手，很快淡出視野。

若有遍尋不著的影片，就到北車左近，在馬可波羅麵包店的騎樓擺攤的秋海棠找。儘管老闆臉色不會太好，不過，也沒有別的門路了。看著看著，更有共鳴的是義大利電影，從狄西嘉、維斯康提、安東尼奧尼，直看到費里尼。那時候，拍出

《同流者》的貝托魯奇還是壯年，而日後以《絕美之城》讓人心醉神馳的保羅·索倫提諾，年方二十。

多有不能盡懂之處，就是看，站在風中讓風經過，站在河中讓水經過，站在時間裡讓人經過，留下來的，成為我自己。多年以後，庸俗終於沙漠漩渦般幾乎將我吞噬，是這些——文學的、藝術的、電影的吉光片羽，還有大自然，贈我詩意和美，讓我得以喘一口氣，活得還像個人。

費里尼《大路》裡，潔索米娜張著她無辜大眼睛，小可憐似地感嘆：「我對任何人來說都一文不值，我厭倦了生活。」走鋼索的男人安慰她：「也許你不相信，這世上每件東西都是有用的，即使這塊石頭，我不知道它有什麼用，但它一定有用，如果它沒用，那一切都毫無意義。」意義是一件衣服，我們總在尋找一件合身、舒適，最好還不失體面的衣服。

沙沙沙，風吹樹梢，沙沙沙，也許它也有想要告訴我的什麼，等待我解碼。

多數時候卻是沒有答案的，午夜裡，一股情緒來襲，那樣濃郁、沉重，如霧如靄彷彿看得見、摸得著，該為它命名為寂寞或是孤獨呢？理二舍鬧哄哄的讓人待不住，跨上破腳踏車，哐啷哐啷、哐啷哐啷地在校園裡晃蕩。遇圓環，轉啊轉，轉啊轉，繞著它轉過一圈又一圈，輪下落葉嗶剝作響，化作了齏粉。

夜深了，宿舍已經上鎖。不怕，還有一盞暖色小燈等待夜歸人。什麼，你說那裡沒有一棵莿桐樹、沒有一扇不上栓的窗？不管，我的記憶我說了算。

記憶裡的輔大校園，讓自校門口直通到宛如王冠上最亮眼寶石的中美堂這一條「參道」貫通，走了四年，沒懷疑過它不是中軸線，攤開地圖，才發現這是從東南到西北的對角線。校園遍布建築、零星的草地，以及樹、樹和樹，各個學院各有偏愛地，種下一片片小樹林、一排排行道樹，白千層、尤加利、水黃皮、羊蹄甲、鳳凰木、椰子、棕櫚、木棉、龍柏、扁柏、槭與楓……其中最常見的，還屬榕樹。

輔園前，有綠色汪洋般樹冠的大榕樹底，一個夏日正午我遠遠地行經，看見我們班一個女同學和她的男朋友坐樹下聊天。進市區一趟，返校時已是傍晚，赫然發現他們倆還在那兒。隔天，我問女同學，聊些什麼，聊一下午？女同學看來有點苦惱，她說，我們都覺得，花太多時間在對方身上了，正在討論，是不是以後不要那麼黏？輔大小事，記憶的百衲被，也可以這樣漫無邊際、海枯石爛地織綴下去吧。不過，改天再說啦。

喔，對了，忘記告訴你們，我的這位女同學，和她有講不完話的男朋友，畢業後不久，就結婚了。

厭貓

室友客氣問我「能不能再養一隻貓」時，本想爽快答應，反正你已經養一隻了嘛。話還未說出口，角落裡傳來咪咪好無辜幾聲咪咪咪，我的心一沉，聳聳肩沒有作答，心裡想的是：你都帶回來了不是嗎？

新房客是隻剛脫離的橘貓。背上、面頰淺橘色草原裡藏一道道細長的深橘像虎斑，頷下、腹部則潑灑一片乳白，四枚腳掌也是白色的，踩進了初雪一般。

據室友的說法，初雪從中美堂就盯上他，一路直跟到校門口（讀過輔大的，就知道這一趟路有多遠，何況他還繞到食品營養系買了冰淇淋吃），又尾隨他轉進五一四巷。當摩托車引擎噗噗發動，初雪攀啊攀，攀上了腳踏墊就賴著不肯走了。

看來不是隻無主的貓，雖非什麼名貴品種，但毛髮油亮，頸間繫一圈細細的紅繩子，懸一顆金色小鈴鐺。鈴鈴鈴，鈴鈴鈴，每一動作便發出鈴鈴鈴清脆的聲響，伴隨著一聲聲的咪咪。有時是餓了有時是飽了？有時是撒嬌有時是耍賴？我聽不懂，只覺得有點吵。

室友說，先養著，等有人找上門再還給人家。

才怪呢怎麼找得到，這樣說是中途之家其實是軟禁在這座公寓裡。

老式公寓有四間房，共用的衛浴、廚房，和好大一間客廳。房客都是同住理二舍時的一名室友找的，他和另一名房客忙著打工，只有貓主人和我常在家。我多半窩房裡，刻意避開同在公共空間的機會，光想到與陌生人視線相交的尷尬，就令我裹足不前。

一日，貓主人又客氣問我，可以讓一名朋友借住嗎？很快地我的思緒跑了一圈：還有房間嗎？如果他要跟誰擠擠，其實不必經過我同意。貓主人微微笑著等我答腔，我卻瞥見玄關已經堆著一座後背包、一隻行李箱。

這名朋友並不是跟誰擠一擠，他就在客廳打地鋪。客廳是出入必經之處，碰了面，點個頭打聲招呼，似乎也沒有臆想中的艱難。

一個早晨我在廚房，牆上光影晃動，一瞬亮一瞬暗的像打著密碼。探頭張望，喔，原來是陽光投在客廳角落穿衣鏡，折射到牆上。而他，穿一件白T恤，站在光裡，凝睇鏡中的自己，好不慵懶地輕輕哼著歌，緩緩地，隨著節奏他緩緩地扭起了腰，帶動身體韻律，搖啊擺啊舞動著，臨水照花，自得其樂。

當他發現我的目光時，並未停下動作，只是透過鏡子對我挑了挑眉。與其說他在跟我打招呼，不如說，他正角色扮演，陶醉於自己的演技裡。

很快我明白了什麼——這世界有一種鳥，沒有腳，牠只能飛啊飛，飛啊飛，累了就在風中睡覺……大二的電影欣賞課上，第一次聽見這幾句台詞，傳奇、浪漫而又感傷，我被撩撥得心旌動搖，一下子迷住了。還以為自己是那隻飛在鬱鬱蒼蒼熱帶雨林天際線的，一生只落地一次的鳥嗎？

就叫他旭仔吧，張國榮演的那個阿飛就叫作旭仔。

都愛看電影，我和旭仔很快混熟了，大我幾歲的他，學的是舞蹈，剛退伍，找著機會進舞團。

每天早上，旭仔將睡袋堆到一旁，便在地墊上折騰起肢體。他的每一處關節都像安上平開合頁一般，開一扇門那樣打開自己，關一扇門那樣闔上自己，柔韌、靈活、穩定、協調，在我看來已經神乎其技了，他卻總說不夠，抱怨自己老了，說自己再不能隨心所欲做出任何想做的動作。

不如一隻貓，他說。

兩隻貓，原本就養著的這隻，受過什麼心理創傷似的，總躲在暗處。黑貓藏在黑裡，冷不防地我曾被牠兩團火炬般眼珠子給嚇過。夜裡燈熄了，牠驀然醒來，跳躍、追逐，空無裡或有什麼是牠才看得見的。有一晚，我躡手躡腳學貓踮著肉足不發出一絲聲響自門縫偷覷，只見牠一溜煙躍上窗台，望著窄巷盡頭，一動不動地，月光為這個沉思者描繪了輪廓。

至於初雪，對牠的主人慇懃獻盡，對其他人則十分冷淡。叢林裡，為了爭取陽光，群樹競相竄高，開枝散葉，但樹冠與樹冠之間仍保持適當間隙，科學家叫這現象為「樹冠羞避」。哪怕一隻貓，我也感謝牠與我保持羞避的距離。

聲音卻是避不開的。一回吵得我受不了，我一臉猙獰，高舉手作勢轟牠，牠一翻身，閃電般竄逃。也就這樣，從此牠見了我，眼皮略抬一抬，當我空氣般不理不睬，可是啊當牠的主人在場時，一聽聞我的動靜牠便驚慌失措，逃難般東躲西藏。我說你這個戲精啊，是在演什麼？

又有一回，趁我不在，初雪偷偷溜進房間，糟蹋得我窗台一溜花草殘破不堪。大怒，放聲吼牠，也對貓主人告了狀（牠的主人拍拍牠的背，細語輕聲地：美眉不乖喔，下次不可以這樣，知道嗎？）就在當晚我洗過澡，驚見脫在浴室門口的室內拖鞋，給牠拉了一團稀。

小人貓，啐。

倒是旭仔，對初雪極熱絡。愛貓者眾，這並不奇怪；或是，他討好的是貓主人——那個「收留」他的人，這是求生本能，類似於初雪對主人的愛。旭仔對初雪的好，卻還有另一層用心——他讓初雪在他面前放下戒心，自由自在，他在觀察初雪，他在模仿初雪，拱背，擺臀，翻滾，撓搔，騰撲，躍高，俯衝……旭仔說，初雪鬆開他緊繃的筋骨，讓他更有可塑性。他要變成初雪，一隻貓。

然而，還是沒能考上舞團，得知消息後旭仔癱坐沙發。「也才幾年前，浪漫得自以為是那隻醒在風中睡在風中的飛鳥，」他說，「直到畢業了、當兵了、出社會了，反倒對超仔的話更有共鳴。」在我們都熱愛的那部電影裡，張學友演的超仔這樣說：你以為自己是那隻鳥啊？你是哪隻鳥啊！那是用來撩女人的，你只是躺在唐人街垃圾堆旁的流浪漢。

不是流浪，是流浪漢。

大地回暖，雪化為水般地，初雪不見了。貓主人在到處找他的貓。無計可施之下，他逆著初雪來到這個家的路線一路尋回中美堂。美眉，美眉，一聲聲他呼喚著。如果你在一九九一年某個春日清晨途經中美堂，也許你看到過一個失魂落魄的尋貓人，那就是我當時的室友。

最後，貓主人自我寬慰，也許牠回家了。

我沒告訴他的是，初雪失蹤當天早上，我一個人在房裡，聽見房外旭仔如常地逗弄著初雪，餵牠吃飯飯，幫牠梳毛毛，又說，我們去洗澡澡。不久後，廚房傳來一場混亂，一疊聲的哀鳴結束於一個高音，嗶——爐上水煮開了——耳鳴持續不退，我短暫失聰。當我終於走進廚房時，看見旭仔手拿濕抹布，蹲在地上，連瓷磚縫也不放過地仔細清理。

我沒有告訴室友，是因為，這一幕只是一個寫作練習生的虛構練習。

不幾日，旭仔就搬走了，目送他揹起後背包、手拉行李箱，身手輕捷、俐落，看著就像隻貓。

窮緊張

先是在電池工廠當鐘點工，每回輪班一上午或一下午三四個小時，休息時間每名工人拿到一瓶牛奶，領班盯著大家喝下，說是可以預防鉛中毒。

又在校門口一家越南餐館打工。這家餐館主打排骨飯，盤底鋪一層白飯，覆上錘鍛得金箔般薄透，又掛上厚厚麵衣的，臉龐大一片炸排骨，上桌前淋鹹鹹甜甜爛糊的醬汁，每在用餐時段一撥又一撥男大生魚汛般報到。我做的是內場，盛飯前先將鍋裡米飯撥鬆，也負責煎蛋，用一支鍋底凹凹凸凸大概也拿來械鬥過的平底鍋。沒人吃河粉，一回有人點了，遵囑自料理台底層取出一塑料袋河粉，發現長了厚厚一層黴，老闆把表層舀掉，聲色不動地繼續料理。

生意太好了，上工第一天，午餐時段已經有點應付不過來，晚餐時段後回宿舍，人都忙傻了，洗澡時蹲蓮蓬頭下淋熱水好一會兒直不起身。

也去當了家教，教的是小學生。應徵時，孩子的媽媽說，不聽話，就用打的。多數時候孩子都不坐書桌前，他爬上雙層床上鋪，「再不下來我要打人喔。」我抄起雞毛撢子。他一聽，骨碌碌地下到地面，掀起衣服給我看他身上一道道新傷舊痕，說：「你打啊。」我再狠也下不了這樣的重手。

單一的案子也沒少接。發競選傳單，同學邀看電影發現撞時間了，幾個人幫我把傳單發完才動身前往電影院；做問卷調查，去程公車上坐最末排，二九九路在中正路上停停走走，我頭點著點著打起了瞌睡，握手裡的文件掉落地板，兩次三次，坐隔壁一名同班女同學終於姊姊般說，我幫你拿著，你睡一下，到站了我會叫你；做對談紀錄，著手寫逐字稿，聽卡式錄音帶時才發現，人聲嘁嘁噈噈，耳裡響著的全是夏蟬轟鳴，唧唧唧，唧唧唧……

我是急了——交出志願卡當天，將篤定可以上榜的國立大學中文系往後挪了排序，雖然因此如願讀了大眾傳播，卻是私立的。自小，父母每在開學前夕，低聲下氣四處張羅學費的場面不斷閃回。

雖然貧窮也像男人當兵，只要熬過了，當年愈是辛苦，日後就愈愛拿它來說嘴，那些窘迫於日常用度的細節，經過一次次反芻，逐漸失去它粗礪的質感，而有了憶苦思甜的韻味。然而，貧窮的滋味殘留口腔始終無法散去，對父母的虧欠感、對前途的焦慮，對自己怎麼什麼都做不好的自責，等等精神內耗，支配了我大半輩子。

北京師範大學程猛老師的博論，是以自傳社會學和深度訪談的方式，研究「底層子弟在取得高學業成就、實現階層突破進程中的文化生產」。有個想像彷彿發著光暈：「違規」多麼迷人，充滿創意與魅力，至於守規矩的人，呆板而枯燥，勢必迎來平凡、平庸的人生。終於有程猛，正視那些循學校的規、蹈社會的矩，在體制內循規蹈矩爭取更好地活著的權利的人，並深究他們的內心世界。

我先是在網路聽了演講，儘管出身不同，成就也無法相比，卻像做了一次心理治療般地，心底裡那種紛繁萬端、無以名狀的情緒，逐一被指認、被秩序化，也被命名。隨即隔海訂了這部博論《「讀書的料」及其文化生產——當代農家子弟成長敘事研究》。

程猛統計，農家子弟的自傳提及「錢」的頻率幾乎是中上階層子弟的三倍，後者經常出現的字眼是「收錢、花錢、有錢」，而前者的體驗卻是「沒錢、終於攢夠了錢、要錢、不可能有錢、借錢、為了錢」。「農家子弟對錢更敏感，即使父母不有意提及或者有意不提及，他們的學校生活也無時無刻離不開對錢的記憶，而且總能明顯感受到父母的勤儉、辛勞和付出。這樣，底層子女就因為家庭為自己求學所做的犧牲背負了較重的道德債務。」

程猛說：「在農家子弟眼裡，學習不是單純的個人事務，更是一種道德事務，是與父母的付出能否得到回報，與自己家庭甚至家族的榮辱聯繫在一起的。」事實是，這樣的態度不只表現在學習上，不，學習可能還不是重點，而是我的整個人生，都不覺得僅僅為我自己一個人而活，每當我有放棄的念頭，父母的臉孔浮現，我作為他們生命的延續，沒有處決自己的權利。至於所謂的實現自我、成就自我這些「時髦」的字眼，是很後來才學會的。

然而，只是窮緊張，竟至於偶爾吃頓好的，因思及父母的劬勞而內疚。一上大學，一在文友樓布告欄發現打工機會，便想試試，用來衡量這份工作值得與否的，是父母要掙到這筆數目需花上多少時間但我竟然只要……不過，這些那些工作，有的一天兩天，有的一周兩周，也有一個月兩個月的，都做不長久。唉，怎麼辦呢？

總有我做得來的吧？

寒假，到ＹＭＣＡ做庶務，接起電話，先是「喂」了一聲又說「您好」。通話結束後，資深女同事笑著教我，不要「喂」，接起電話直接說「您好」就好。我試了試，發現果然比較俐落而專業。也到ＫＴＶ當「少爺」，要開學了，離職前領薪水，東苛西扣的，拿到手上已所剩無幾。為什麼呢？為什麼要占這些年輕人的便宜呢？

暑假，七夕情人節前夕，自己做了卡片，在三合板上釘鬆緊帶當展示架，自己一個人跑到文化中心廣場角落裡當流動攤販。竟也有人圍觀，竟也有人掏腰包，後來來了一個姊姊，與我閒聊一會兒後，讓我把所有卡片都賣給她。全都要嗎？我有點疑惑，她嫣然一笑，說她很喜歡。

沒馬上回家，文化中心在山腳，我騎車往八卦山上去。提早收攤，是覺得有點幸運，卻並不特別高興，活著，不能光靠運氣，不能光仰賴陌生人的善意。

沿著山路緩緩盤旋而上，艷陽天，鳳凰花盛開，日光與陰影一明一暗，我一會兒暴露於天光又一會兒沉埋於陰翳，車輪輾過落花，類似於心碎的小宇宙爆裂在我體內嗶嗶剝剝響起。我，一個大學生，有什麼謀生的技能？有沒有可能——即連提出假設我都有點心虛——有沒有可能靠文字過活？

個性裡有浪漫的一面，但環境讓我務實，思及中學時常在救國團主辦的《彰化青年》發表文章，稿費是每個字零點二元，兩角，兩毛錢。嗯，我略一沉吟，要靠稿費過活看來是不可能的。那，退一步想，如果不拿它當一份職業，而僅僅是兼差，像我在電池工廠、在越南餐館或是當家教那樣地，打一份工，挹注與緩解，有沒有可能？

沒有其他出路了，就這麼辦？

沒有其他退路了，就這麼辦。

理想啊夢想啊，也曾空口白話信口說出這些高大上的字眼，然而，推動著我創作的原動力，不僅有一股非寫不可，彷彿蛤蜊吞進沙粒就必得分泌黏液將其團團包圍的，發自內在的原慾，不能不說，稿費——哪怕極其微薄，但它對生計的挹注、緩解經濟的壓力，也推了我一把。

就這樣，我以業餘者的身分，持續打著這份工。

寫作，是我打過最長的一份工。

甜蜜蜜

1.

大三下學期，住了幾年的理二舍沒抽到籤，新學年就要搬到校外了，正探聽著房子，學姊饒千惠找上我，她畢業後打算回台中，問我要不要承接她住的房間。

學長學姊很多，但千惠和我有「直屬」之誼。直屬學長姊對直屬學弟妹總是格外照顧，隱隱約約像有一條血脈連通，若直屬學長姊忙著打工或只是生性疏離，便會聽到有人說他們的直屬學弟妹「可憐」，用一種小貓小狗乏人照料，帶著母愛的語氣說出口的「好可憐喔」。

千惠長我一屆，一夥人窩在一起看《龍貓》，看著看著，她愈來愈往電視螢幕靠，原來她默默流著眼淚怕我們發現了。再長一屆的直屬學長叫賈孝國，台東人，不諳台語，幾個人圍一桌吃火鍋，趁他離席我們說好了要捉弄他，告訴他肚子叫「尻川」，他現學現賣，吃飽時撫著肚子無限滿足說：啊，我的尻川好飽啊。眾人笑成一團，孝國學長也跟著笑，很開心跟學弟妹打成一片。幾年前他拿到金鐘獎最佳男配角，謙稱自己的影視資歷淺，其實他在學校時就拍戲常獲獎，我還在他執導、主演的短片裡客串過一角，有一場戲是溯溪，發現溪岸邊有一朵盛開的白百合。準備收工時，毫無預警地低空緩緩飛過一隻白鷺鷥，他熱刀切奶油般俐落地指示攝影師捕捉畫面，隨即又補了個鏡頭是我仰頭張望天空看見飛鳥，臉上露出微笑。至於比我小幾屆的直屬學弟妹我也都還記得，丁碧蘭、宋松齡、周明儀，一念出名字形象便具體地出現在眼前。

千惠學姊畢業後即將騰空的房間很多人要，但她想先讓我看看。我們約了時間參觀，那是泰山明志書院後方，山腳下的邊間公寓二樓，前有陽台、客廳，後有露台、廚房、浴室，一條通道自正中央劃開屋子，左右對稱地各隔成兩個房間。屋子又老又舊，蒙著一層灰，好像灰塵也是值得好好保存的文化，浴室地磚脫落失修，沖水時馬桶像犯了嚴重哮喘似地咳著喘著就要斷氣了。這屋子勝在租金便宜，學姊還推薦：室友都很好喔。

我們住這裡都不鎖門的，學姊說著，打開其中一個房間，米色窗簾在風中盪漾著小波浪，椅背披一件青色手染布上衣，這裡住著一個叫作子儀的西班牙語文系女學生。另一個房間，撿來的五斗櫃權充衣櫥，倒放電纜大木圈當書桌，桌上散置著貝殼、乾燥花，牆上有一張披頭四大海報，住著另一位大傳系學姊叫秀美。

又一個房間，門一打開，霉味驀地撲鼻而來，透著汗漓漓一股陳年的酸腐，我歙了歙鼻子，探頭張望。這個房間像剛進行過什麼儀式：床前貼著手繪符咒，天花板四個角落都給各黏上一撮捲曲蓬鬆的毛髮，牆壁漬黃，畫著男女性器交合的圖案，而電源插座四圍，以鉛筆塗繪女陰張著大口就將把人拆吃入腹。書桌上則攤開一本厚重的中國古代春宮畫精裝畫冊，還有幾本東洋色情漫畫散落一旁，蜜桃也似的少女們暴露著成熟軟香的胴體。

淫靡、頹廢、敗德，好像在哪兒見過呢我搜索著記憶，而千惠學姊還在介紹著這名沒有現身的室友，因此我知道了，他是法文系四年級的學生，不過，還在修大二的課，看來是要延畢了。學姊說，一開始可能會覺得是個怪咖，不過，相處久了就會改觀。學姊說起他的語氣有點兒興奮，好像天上的月亮是他掛上去的。

書架上有張照片，我湊近端詳，光面相紙上，影中人留一頭雜亂的捲髮，戴塑膠黑框眼鏡，鏡片底是鼠灰色眼窩。他的臉色蒼白，同樣削瘦的是作怪似地露出一片青色薄臀。喔，我想起來了，這簽名式般的爆炸頭我在校園看過，怎麼能忘記呢，印象更深的則是在女生宿舍一樓大廳舉辦過的一場展覽。

失序、無序，幾個看來故作放浪形骸的男女學生在會場上毫無忌憚地聊著天，一架報廢了的揚琴任人敲擊彈撥，黏了一牆的衛生棉寫著夢囈般的字眼，全都指向性與威權政治，精液、淫水、陽具、乳房，或蔣中正、蔣經國、毛澤東、鄧小平等名字的造句。我與一名女同學停步一件作品前，這件作品是一面玻璃窗掛在透光處，玻璃上有兩三道已經乾涸了的，緩緩流淌而下的蛋白濁黃積漬。媒材上寫著「玻璃窗，日本色情漫畫，精液」，還記錄了時間。

校園裡的這場展覽，對許多人來說，價值或許還比不上能引一把火燒光它的一根火柴吧，然而當時初解嚴，拆政治的磚毀禮教的瓦，性是等著被推倒的高牆上一個昭昭然的象徵，許曉丹啊侯俊明啊都有備而來，他們放的不是救國團營火晚會的篝火，而是烽煙四起的野火。儘管激進、逾越，但我並未被冒犯，自小被鼓勵著當一個美聲合音，把自己隱藏進看似和諧的團體，講究的是內斂、含蓄，留白與餘韻，要乖要聽話喔，囡仔人有耳無嘴，學習自謙自省，甚至自責——竟然是自責著過日子。解嚴了，上大學了，鄉下老鼠進城了還是鄉下老鼠，但新世界鋪展於眼前，這不正就是驅使我負笈北上的動力？

看過了房間，我和千惠學姊來到露台。鐵窗外一座小山坡，山坡上錯錯落落長著一片竹林，日光在枝葉間停佇、彈跳、翻飛，熠耀閃爍。竹林下這裡一叢那裡一簇洋繡球，因為光照不足而秀秀氣氣的，正是花季，也開著秀秀氣氣的淺藍色花朵。熱天午後，風從山上吹來，穿過竹林，穿過洋繡球，穿過飛鳥與草花、剛冒出土的筍尖、落葉上的蛺蝶與石龍子，一層一層濾去了悶與熱，吹在身上，清新、沁涼，帶著一股善意。

2.

期末一退掉學校宿舍，我便搬進明志路小公寓，我在《藝術家》雜誌暑期實習，秀美已經供職於出版社，加上子儀，三個人安靜地過著日子。

子儀茹素。我還沒做出反應，她便膝反射地說，不是為了宗教也不為還願，就只是想吃素。顯然有太多人預設了吃素的理由了。子儀解釋：吃素以後，大便比較漂亮。她不為辭彙分美醜、定高低，反倒我愣了一下。戒嚴令已經解除，但是，大概我的心理尚未鬆綁，我是不會大剌剌把「大便」這樣的字眼掛在嘴上的。說出這樣的字眼總帶著點心虛，犯了什麼禁忌一般，何況子儀是那樣一名清秀美麗的年輕女學生。

秀美長我一屆，小小的個子、扁扁的體型，常露出好奇的、驚喜的、狐疑的等各種豐富的表情，帶給我天真、善良而又迷糊的印象。有個假日午後自她房間傳出一聲巨響，我急敲房門，學姊，怎麼了你怎麼了？一會兒後秀美開門，一臉無辜說，沒事啦，我在椅子上靜坐，結果睡著，就跌到地板了。

有一次，秀美比平日晚回家，露出疲憊的神態說，累死了，走好遠的路。怎麼會走好遠的路呢我們問她，她說：提早好幾站下車。為什麼提早下車呢我們又問她，原來是，她搭公車，坐末排正中間位子，搭著搭著打起了瞌睡，冷不防司機一個急煞車，她便被拋出座位，咕咚咕咚像顆失手鬆脫的保齡球，只差沒有用滾的，穿過一整條走道，最後停步司機旁。司機冷冷看她一眼，她倒還機靈，脫口說出，司機，我要下車。司機不帶情緒地回她，下次下車要先按鈴。

又有一次，她把摩托車騎上高架橋快車道，一時不知所措只好停在分隔島上。怎麼辦呢這該怎麼辦呢？最後是交通警察前來關切，護送她下橋。秀美嚷嚷著丟臉死了丟臉死了，我們卻抱著肚子笑得前俯後仰，告訴她，這就是會發生在你身上的事啊。

暑假接近尾聲，我在房間準備開學物件，秀美在客廳敲著揚琴，久久才落下一個音符，一牆之隔子儀的房間傳來歌聲：古早古早，阮家住在今嘛耶忠孝東路。我停下動作傾聽：出門步步就愛靠走路，三張犁走到火車頭，一趟路就愛走歸晡。緊接著，在不同空間的子儀和秀美同時放聲高唱：忠孝東路，擱卡過去，擱卡過去，擱卡過去擱卡過去就是墓仔埔……歌聲繼續，好像還聽到，忠孝東路，今嘛已經一坪三四十萬塊……三四十萬啊，什麼時候手頭才會有三四十萬塊錢呢？

突然，客廳傳來一聲尖叫：其蔚！秀美咯咯地笑著，回應笑聲的，是低沉、慢緩的「嘿，嘿，嘿」。我探頭張望，他的爆炸頭，他的長手長腳，坐下時會刺得椅子唉唉喊痛的削瘦，不就是傳說中的室友嗎。不過，比起作品的敗德壞俗，其蔚本人有股天真未鑿的孩子氣，相處久了，有時還會覺得他像假期一樣討人喜歡。

或也就是這份天真，讓他站上道德的邊界，一不小心便誤入禁區。

他布置了一座無水水族箱，泥土鋪底，擺上枯木、青苔，又放了一具塑膠玩偶，讓它有超現實的趣味。水族箱裡養了兩條蜥蜴，一開始是興匆匆地餵食，很快地有一搭沒一搭，最後簡直就是棄養了。我看不過去，幾番提醒，換來：拜託，你給牠們的也不一定就是牠們要的，何況野外也不是天天有大餐。關在水族箱裡的這兩條蜥蜴，簡直像戰犯，成了奄奄一息的餓俘，最後，即連屍體也找不到了。

他又打算拍一支劇情片參加比賽，主題是，嗯，主題是——「吃狗」。他津津有味地分享計畫，如何在街頭抓一條狗，帶到海邊，以利刃劃開牠的肚子，掏出五臟六腑，烹調，食用。我聽得匪夷所思，一再勸他千萬不能這樣做。誰知春節過後回到小公寓，一打開冰箱竟發現雪櫃裡多了一袋袋冷凍肉。我嫌惡地問他那是什麼。他嘿嘿嘿地笑著，告訴我，這是當道具給演員吃的，不是狗肉，是豬肉。幾天後，他又煞有其事地跟我描述，一夥人在蕭瑟、冱寒的淡水海邊殺狗、燙狗拔毛、吃狗肉。我受不了了，叫他不要再講我並不想聽。他翻了白眼，丟給我一句「拜託——」拖著長長的尾音。

可以用土方巽評價阿部定的話來為他開脫嗎？土方巽是日本暗黑舞踏大師，阿部定是《感官世界》裡割下愛人陰莖的女人的原型人物，土方巽說：「我認識阿部定，她是個藝術家。藝術家得像個罪犯，必須使人流血。」詩人可以豁免於約定俗成的文字邏輯，那藝術家呢，藝術家有道德豁免權嗎？果汁機裡被打得血肉模糊的金魚、光束下被釣魚線懸在半空逐漸枯死的小樹……弔詭的是，它的爭議正凸顯了它訴求的議題。

屋子裡，常被敲得錚錚鏦鏦的揚琴是撿來的，養過兩條蜥蜴的水族箱是撿來的，秀美房間的櫥子櫃子桌子椅子，甚至幾本雜誌看來也都是撿的，其蔚也常在垃圾堆裡撿破爛，東西帶回家，他動手整復，客廳牆上的畫框、他房裡的書櫃，都是自己釘的，另還有一把破吉他安上一支爛麥克風，這把「電吉他」他十分得意，特別秀給我看，志得意滿說，不用花一毛錢，全部都是撿來的。

有個傍晚，其蔚和子儀散步返家，說起哪裡棄置了一座紅眠床，當晚幾個人便騎上摩托車，一趟趟地將床拆解載回，幾個人對著一片片木雕一幅幅玻璃畫，興奮莫名，惹得樓下老人拿他的拐杖咚咚地敲著他的天花板我們的地板，我們互相把食指豎到脣前低聲說「噓」，卻又忍不住爆笑出聲。後來其蔚敲敲打打在客廳墊高地板，唉，不知老人受了多少罪？

就在這個和式客廳裡，有個晚上房東嚴先生前來收租。木訥的嚴先生一反往例地，拿了租金卻不走，喝著我們為他倒的茶都見底了，嘴裡淨說些不著邊際的話，支支吾吾、期期艾艾，良久才起身告別。他是打算調漲房租卻擠不出話吧我們這樣猜測著。過了半小時，嚴先生再度現身，仗著薄薄的酒意終於說出口了。他急著解釋，說大兒子在外讀書也租房子，知道學生沒什麼錢，但一個月五百元四個人分攤，負擔應該不算大……唉呦，這個人怎麼這麼可愛啊，他不知道，其實我們都為他終於開口而鬆了一口氣。

3.

公寓前有道排水溝，堤岸上一叢木芙蓉，被拿溝底的沃泥餵養，又覆上一層層蛋殼。木芙蓉的闊葉烘托著花朵，清晨初綻是鮮甜的粉白，隨著日光推移，浮泛一抹初醉的紅暈，午後，酒意漸濃，轉趨軟熟，到了傍晚，花瓣閉闔、皺縮，刻劃著深深的紫色紋路。花朵凋萎後，花萼一日日膨脹，終於有一天，成熟、鼓脹、乾燥的果實守不住祕密似地，迸裂了開來。

我常在傍晚閒坐花樹下，公寓前空地上三三兩兩的孩子追逐嬉戲，樓下老人拄著拐杖散步，是我多心嗎——他看我的眼光裡有一種不高興。我坐水泥砌的堤岸上，赤腳踩在地面，溫溫的，在體內流動，被撫慰，被療癒，哪怕是這樣微小的細節，都讓我感受到大自然的善意。

常常我的手裡揣著一個信封，報社寄來的。不必打開，拇指、食指輕輕搓動，感受內容物的質感，便知道是退稿或剪報。若是直接以回郵信封回寄的郵件，會有一個截角，不知是誰告訴我的，投稿時，信封剪一個角可以當印刷品寄送。我透過截角偷覷裡頭裝的是什麼。經過幾年的嘗試，退稿的機率已經不大了，收到剪報卻還是雀躍，趁天色轉黯前把發表在報上的文章再讀過一遍。心裡有個模模糊糊的憧憬：會不會寫著寫著，有一天就變成作家了？

信箱裡還常發現寄給藍博洲的ＤＭ。前一年，《幌馬車之歌》剛問世，和他的第一本著作《旅行者》我都讀過，因此對這個名字很熟悉。藍博洲長我十歲，畢業於輔大法文系，曾經擔任過草原文學社社長，《旅行者》收六個短篇，就有四個是寫於他就讀輔大期間。

初進輔大，我曾想找個社團參加，傻呼呼地隻身前去位於校門口的焯炤樓探看，長長的甬道旁有許多小房間是一個個社辦，先是看上了廣播社，但木門深鎖，門板上貼一張紙條，紙上有個繞口令。意思大概是：如果連這個都說不好，那就打消加入的念頭吧。我默念一回，從此記住了它：楊麗花發明非揮發性化學花卉肥料。雖然沒加入廣播社，但後來我主持過一個校園廣播節目：《電影人》，專門介紹電影人電影事，連著幾集邀請聞天祥談侯孝賢、王家衛等導演。同學曹開明問，有給他酬勞嗎？被這麼一問我就心虛了，這是個沒有任何預算的節目，顯然我們虧待他了。開明又問，你知道他是誰嗎？我只知道他是電影社社長。至於現今，追金馬影展的文青，沒有人不知道聞天祥是誰了。

又挑了嵌進「文學」的社團，草原文學社。木門虛掩，我怯生生地推開，光線自氣窗射入，瀰漫的煙霧在光照裡捲動翻騰，幾名男女學生或半臥或欹斜著，氛圍十分慵懶。若是六〇年代背景的美國電影，這幾個人就該互傳著哈同一根菸，臉上氤氤氳氳洋溢著迷醉與微笑。幾雙眼睛看著我這個灰撲撲的土包子，讓我渾身不自在，但在退出前還是問了一句，請問有招收社員嗎？有人心不在焉回我一聲「嗯」。我又問，這個社團主要做什麼？他噗哧一笑，漫不經心說，不做什麼，閒聊、打屁，不必做什麼。我看他沒有意思多搭理我，便尷尬地輕輕將門闔上。

後來，我什麼社團都沒有參加，倒是「自創」了一個踏青社，穿Converse的All Star高統帆布鞋，斜揹大背包，常在當時輔大還為數不少的草原上溜達。這個社團的社員只有我一個，但常有同學陪伴。

草原文學社並不是一個「閒聊、打屁，不必做什麼」的社團，它的歷屆社長除了藍博洲，還有張大春、曾淑美等日後知名的作家。草原的光譜偏左，放眼阿多諾、傅柯、馬克斯等文學批評，又凝視台灣文學，與台灣的現實處境相參照，不僅在書桌前用功，也走上街頭。多年後其蔚接受專訪，為草原文學社定位，說這個社團對輔大學生來說，是相當恐怖的，像狼穴或策畫暴動的所在，一群心理偏差的激進分子的俱樂部。比較起來，我簡直正常得有病。

其蔚的朋友們常在明志路二樓小公寓聚會，有對小夫妻，熱天正午來了，其蔚不在家，我請他們稍等。兩人看看四周，不坐椅子卻落坐地面，我請他們上座，妻子委婉拒絕，沒關係，地板就好。我說，地板好髒。妻子堅持：地板就好。這對小夫妻，吳中煒與蘇菁菁，九三年秋天在羅斯福路小巷子開了家店叫「甜蜜蜜」，是搞劇場、搞學運、搞地下音樂，這些又甜又刺的年輕人的蜂巢，其蔚在這裡幫他們策畫活動、發表作品，不過只維持一年就頂讓出去了。

在為一家咖啡館命名前，「甜蜜蜜」是一本地下刊物，挑釁威權、挑戰體制，嚎叫、發洩、嘔吐出苦悶與慾望，自信自戀自瀆。《甜蜜蜜》自稱「全國第一本專業色情刊物（小學生適用）」，「版權沒有，歡迎盜印」，子儀曾為《甜蜜蜜》寫過稿子，秀美帶著其蔚的手稿到坊間的電腦中心，因為不諳電腦打字，請來指導員幫忙，對方一看內容，臉色大變，逼問秀美這是恐嚇信嗎。而我，則因其蔚害怕筆跡洩漏身分，而替他捉刀謄抄過，並協議由我帶數份雜誌到大傳系上分發。那一天我一大早就出門了，趁著文友樓悄無人聲，隨機挑幾間教室擺一本雜誌在講桌上，心裡很是忐忑。

常到明志路來的還有個女學生，神經兮兮的，其蔚說她曾在天橋假扮乞丐要錢，又搭計程車不付車資，沒錢就是沒錢不然你想怎樣？擺出一副無賴姿態，因此鬧進警察局。最後呢？最後司機自認倒楣，算了。我聽了，沉吟半晌，這個嘛，該怎麼說呢？

女學生每回都會帶來一兩張她發表在報紙或雜誌的文章，內容充斥著原慾。她問我的想法，我老實回答，看不太懂，還要再慢慢體會。我讀高中，就常在救國團辦的地方刊物發表文章，縣境的國中或高中女同學讀者常會給我寫信，但是上了台北、進了大學，很快我就明白，每一所高中都會有這樣一個被叫作才子的人，不，也許是每一個年級甚至每一個班級，在這裡，我一點都不特出。一旦看出這點，就再也無法無視，儘管名字已經頻繁見報，仍有點自卑，感覺自己程度差他們一大截，小心翼翼問：你怎麼看那些刊在報紙副刊上，文字流暢的文章？女學生回我：那些啊，那些都是高中生的習作，我們是大學生了，要寫大學生的東西。我聽了，默默退回房間。

他們在客廳說話、吃飯、喝酒，我就在我的通鋪房間裡，床板上擺一張同學朱陳琪借我的淺色原木矮几，趴几上寫字。我喜歡這個角落，臨窗，有風輕吹，窗外與鄰居隔一條小路，小學生上學放學，風中傳來童言童語，音調裡有種嫩芽初萌的清新。我不討厭其蔚的朋友們，我甚至喜歡他們、羨慕他們，只是覺得格格不入，我無法放鬆，就是無法，慵懶、隨興、自在，像初進大學闖進草原文學社那樣，我覺得我們不是同一夥的。

那是一九九二夏天開始之後，到隔年夏天開始之前，前網路時代，沒有ＰＴＴ沒有新聞台部落格與社群網站，身邊也沒有寫作的朋友，或許不是沒有，只是我不曾抬頭張望尋找，甚至不知道同樣讀大傳系，隔壁班廣告組就有個高手。獨學而無友，僅憑著一股熱情，透過閱讀想像文學的模樣，中學生習作般，以文字當積木構築它的具體形象，態度接近於虔誠。或許正是我的無知為我織一層結界，保全了我的夢想。

如今想來，我畢竟是幸運的，有那麼幾年時光，自己陪著自己，安靜地等待著自己長大。

4.

其蔚向室友們預告，他即將參加在輔大舉辦的ＩＣＲＴ青春之星歌唱比賽。其蔚會畫畫，做裝置藝術，但我不知道他還唱歌。他嘿嘿嘿地笑著，回房間拿出一捲卡帶，表情不知是詭異還是得意地說：讓你們聽聽傑作，剛錄好的，嘿，嘿，嘿。收音機傳出的是亂無節奏、毫無旋律感的噪音，粗暴粗糙，被激怒的音符化作冰錐刺進耳膜。我聽著，很為難，不曉得該做出什麼反應，翻看盒子轉移注意力，看見一行稚拙的字寫著「零與聲怪獸解放組織」，這是其蔚和德文系的劉行一、哲學系的香港僑生Steve合組的樂團，無論如何，再怎麼伸展觸角都無法和主流品味的青春之星沾上邊。

十一月初，我剛在文友樓開完一個小組會議，走在校園，遠遠地發現中美堂燈火輝煌，才想起其蔚的邀請，進到禮堂，看見秀美和子儀在對我招手。聽過幾段甜美的歌聲後，輪到零與聲了，秀美和子儀早就興奮地拿著V8和相機就定位。一團三人木偶般走上舞台時，引起一陣騷動。這三個人，主唱穿孝衣，臉上塗白，鼓手戴了安全帽，其蔚是吉他手，著衛生衣、腳趿拖鞋。他們手上拿著鍋子、盆子，破吉他與爛麥克風組裝的「電吉他」也派上用場。台風穩健的主持人不管問什麼，幾個人都平平板板回應以「不知道」，無奈之際他只能拋下：好吧，接下來就看你們的演出了。

唱的是〈喔，媽媽〉，吟哦，嚎叫，碰撞，打滾，是被媽媽逼到後無退路，瀕臨崩潰了嗎？一名評審索性摘下耳機，莫可奈何看著他們，觀眾席瀰漫著不安的情緒，陸陸續續有幾名女孩離席。這個情形我並不陌生，電影社主辦的電影欣賞，社長聞天祥曾選大島渚《感官世界》、巴索里尼《索多瑪一百二十天》、庫柏力克《發條橘子》在文學院文華樓二樓放映，都窸窸窣窣有人中途離席。

噪音或是音樂呢？如果是噪音，我知道，就是noise：「不想要的聲音。」十三世紀《牛津字典》言簡義賅定義了這個字。有人不知哪裡找來它的本義：「暈船而產生噁心想吐的感覺。」而中文，噪自「喿」演變而來，喿是枝頭上眾鳥喧鬧，現代都會生活中，若得眾鳥齊鳴，應該視為吉兆，大自然的恩惠，但多了一張嘴，噪，指甲刮過黑板、刀叉劃過玻璃，三天兩頭喚醒我的鄰居裝潢工程的電鑽聲，三姑六婆老在社區必經之地的嚼舌根，不想要的、不喜歡的聲音，都是噪音。至於噪音作為一種音樂或是藝術，嗯，我說不出個所以然來。

緊接著十二月初輔大校慶，零與聲又報名參加了歌唱比賽，這一回我沒在現場，我去發選舉傳單。

已經進社會的學長姊若有什麼工讀機會，會透過助教將訊息張貼在文友樓的告示板上，我去當過電視廣告臨演，去做過電話民調，去謄錄演講逐字稿，去餐館盛飯煎蛋，去當家教，還與同學搭著巴士到學姊當執行製作的電視綜藝節目錄影現場當觀眾，不過，這是沒有酬勞的。這一回，我要去幫一個叫盧修一的候選人發傳單，一九九〇年三月的野百合學運催化下，「萬年國會」終結，九二年立法委員全面改選。幾名同學約我去看電影，我說沒辦法耶。一聽說我要去發傳單，四五個人乾脆微調行程，幫我在我負責的區域裡，一個信箱一個信箱地塞傳單，收工後剛好趕上傍晚的電影。當時我並沒有強烈的政治主張，只是把握住每一次掙一點生活費的機會。

事後，其蔚跟我說，可惜你沒來。秀美和子儀轉述了當晚的情形，她們說零與聲被安排在最後一場演出，主持人倒還幽默，表示：這是為了方便觀眾離場。據說有憤怒的觀眾拿起麥克風質問：你們到底想表達什麼？零與聲回應以：Nooothhing。如果你也問我，你懂他們表達什麼嗎？老實告訴你：我也不懂。不過，不懂的事情還會少嗎？我不反對，甚至我支持他們的演出。當然，這並不表示我就願意醒在零與聲裡，哪怕它被稱為藝術。

點畫一般，總要隔著些距離才能看出它的全貌，當時只道是尋常的生活點滴，逾四分之一個世紀後回顧，全有了它在座標上被註記出來的意義：有人說，這兩次大場面的演出，是其後十餘年台灣噪音／聲音藝術的開端。

然而，藝評人游崴指出：「『聲音藝術家』是如今林其蔚最常被描述的方式，但這不是一個令人滿意的頭銜。在整個一九九〇年代，林其蔚身處台灣地下噪音運動的場景之中，並不把聲音當作一種藝術類型，而是一個對主流文化體制進行鬥爭的工具，聲音緊密地鑲嵌在身體政治的場域。」

「『零與聲』的成員從不認為他們在做音樂，而僅僅是『使用』樂器。當藝術作為一種干擾（intervention）還未能在台灣文化語境中被辨識的年代，『零與聲』的演出只能被大多數人理解為鬧場。但已完全體現他們如何將噪音所具備的反音樂姿勢，武裝為一種拆解主流文化體制的策略。透過情境主義式的干擾手法，凸顯音樂不只是藝術化的聲音形式，還是一種特定的美學政體。」

在翻覆顛覆、破舊立新的世紀末九〇年代，零與聲發出了格外尖銳的聲音。

5.

推土機轟轟隆隆開進露台後小山坡，這些竹子長在這裡，十年、二十年，或者更久的時間了，但只消一個下午，摧枯拉朽，便被夷為平地。據說在沒有人為干擾的自然環境中，地表上植物長得有多高，地底下的根就扎得有多深，秋風掃落葉般竹林被鏟去了，也許它的根部還渾然不知，仍汲汲營營在吸收著水分。

夜裡，我窩在矮几前謄抄稿件。白天，思緒如懸在窗口的風鈴，警醒得一有風吹草動便叮噹作響，筆記本裡密密麻麻都是鉛筆寫的草稿，睡前抄到天鵝牌六百字稿紙上，寫兩個信封，一個寄出一個寄回，用剪刀裁一個角，貼足郵票，封緘。走出房間時，其蔚看到了，老跟我說：文學家要去作睡前例行的散步了。聲音很溫柔。但莫說文學家，叫我作家我都覺得羞愧，知道自己配不上這個頭銜。將稿件投入信箱後，掀掀彈簧片確認沒被夾在投入口。若當天有收到剪報，便在附近小攤叫一碗陽春麵犒賞自己，若沒有，吞吞口水，散步回家。

守著本分過日子，也許，說自己上進也並不為過，充實，踏實。天空灰濛濛的，這是黎明的前兆。

但也常有痛苦到想死的時候，想像教徒拿荊棘鞭笞自己的身體，讓肉體的痛楚掩蓋住內心底的苦悶，足以反噬自己的黑洞般的空空洞洞。不過，死亡來臨之前必得努力活著，沒有厭世的念頭因為沒有厭世的本錢，站在懸崖上的人必須扎穩腳跟，否則就要跌入深淵了。

在一個大霧籠罩的夜裡，我困於蛛網的小蟲似的煩躁不安，便跨上摩托車，蜿蜿蜒蜒爬著山路騎到明志工專，夜半的操場，隱隱約約只看得見四圍高樹的黑影，風輕輕搖晃著它們。我脫了鞋子在跑道上散步，逐漸加快速度疾走，撲面是飽含濕意的冷空氣，後來，我將身上的衣物全部剝去，赤身裸體跑了起來。霧很濃，夜很黑，我看不見遠方，但我把握住了方向，把握住了每一次踩出的一步之遙。如果有個嚮往的遠方，縱然你還看它不清楚，但只要朝向它，每一步都不踩空，就有抵達的一天吧。我這樣相信著，那時候我不相信命運不相信運氣，我相信要比盡本分再多做一點，未來才會照料它自己。

黎明之前，天空還是灰濛濛的。初進職場，壓力和疲憊寫在秀美臉上，一提及工作她便有輕輕的一聲哎——拉了長長尾音的嘆息，求生意志愈來愈薄弱。一晚，他說隔天想請假，但是該用什麼名目呢？事假、病假，一般人也就找個信得過的人幫忙打通電話，他有事想請個假喔、他人不舒服今天要去看醫生，也就過關了。《四百擊》裡安端為他自己編的曠課理由是，媽媽死了。老師指責他：「我們都知道你是個必要時，會犧牲自己親人的人。」我還讀過新聞：有義務役小兵請喪假，自己印了訃聞，幾個月間爺爺奶奶接連過世，三途河上舟楫相連，即便早已大去的外祖父母也相繼加入往生的行列。然而秀美，光請個假都讓她傷透腦筋。

最後，秀美決定「感冒」，不是捏造個理由而已，而是她打算讓自己真的感冒。大冷天裡她洗了個冷水澡，然後，不顧眾人勸阻，一身單薄去窩在露台鐵窗一角。冷風咻咻，抖瑟瑟地秀美流下兩行清鼻涕。秀美如願著了涼，隔天一早才以濃濃的鼻音去打了電話請假。

有誰，有誰可以告訴我，一個人在好好活下來之前，要先死過幾回？

秀美終於痛下決心辭職。離職當天下午，幾個人瞞著她笨手笨腳地布置屋子，寫大字報，又下廚準備食物，開同樂會似的。傍晚，一個人守住陽台隨時回報：秀美在樓下了秀美上樓了，噓，在掏鑰匙開門了。大門一開，我們持著海報大喊歡迎回家。秀美一愣，睜大眼睛像隻夜裡突然被強光照射的貓頭鷹，問我們發生什麼事情了。接著她就一邊咯咯笑著，一邊流下了眼淚。

潮間帶

假日，福利站沒營業，一個炎夏正午我站衛哨，大家都午休去了，營區一片靜寂。遠遠地來了一個小隊，三四名剛報到的菜鳥走前頭，痞子學長押隊，一群人來到福利站前小空地，痞子學長解開釦子，變魔術似地自深藍工作服裡拎出一隻小羊羔。

營區裡不知誰養了幾頭羊，任牠們四處溜達。牠們誤以為自己是現代詩人嗎，三個字五個字，一個字兩個字，空行，七八個字，羊們吃到哪裡排到哪裡，搞得小兵常被冤枉沒認真打掃，便總有人扔小石子嚇唬牠們。

兩隻母羊同時都懷孕了，一天，其中一隻聞聞嗅嗅走到正哨不遠處，站哨的學長就近折一把榕樹葉子，逗啊逗地，把貪饞的母羊引到跟前，冷不防地以槍托重擊牠的肚子，再以軍靴補上一腳。母羊叫聲淒厲，晃晃顛顛跑了開去。

母羊是生產後才死的，兩隻小羊濕淋淋的一落地也早斷了氣。死掉的羊埋海防哨附近，從此，兇手學長只要被排到大夜海防哨，無論如何他都要求調班。

另一隻母羊產下三隻小羊，其中一隻一團褐一團黑的小羊羔，在那個正午，從痞子學長衣服裡被拎了出來。

學長讓四名菜鳥圍成一圈，把小羊放在中央，伸出腳去以鞋底揉了揉，要求學弟們照做。一開始沒人願意，僵持不下，直到其中一名學弟伸出第一腳，小羊發出叫聲咩咩，幾個人便輪流著輕踩，慢慢地竟有種踴躍熱烈的氣氛，力道愈來愈大，叫聲咩咩愈來愈低，終至於無，小羊軟趴趴癱在地上。

痞子學長指著一名微微顫抖、幾乎就要哭出聲來的學弟：你去把牠處理掉。學弟問，報告學長，要怎麼處理？痞子學長吼他：怎麼處理還要問我？吃飯怎麼不問我？

熱天午後，我的身體深處卻湧出一股寒意，逼得額上胸上滲了薄薄一層冷汗。

一九九三年夏天，我來到淡水氣象聯隊。

那一日，俗稱「老母雞」的C一一九降落後，我與同梯共三人一下機，旋即被催促著上了軍用卡車，後車廂帆布捲簾刷地拉下，嘭嘭啟動。稍早在台東志航基地起飛前，說是要去馬公，不過，此時幽黯中耳際接收到的汽機車躁動，油煙與金屬腥味竄進鼻腔，研判這是我所熟悉的大都會。心想，難道又一次改變了調派地點？

一陣顛簸後，軍卡減速、熄火，捲簾被拉開，我跳下車子，迎面而來一座小山，在大河彼岸，稜線和緩如小夜曲，抒情、慵懶，彷彿美人支頤橫躺。有風輕吹不是她的呼吸，鹹鹹的、濕濕的，是大海捎來的音信。

三人被領著走在月橘夾道的小徑，遇一名下士，倏地碰腿行舉手禮，「學長好」，對方並未回禮，聲音在口腔與鼻腔間滾動，「太小聲」。我們又敬禮高喊學長好，對方還是沒有答禮，說著又像是挑剔又像是叮嚀的話：這裡是隊本部，規矩多，不像離島沒人管，你們自己皮要繃緊一點。下士走遠了，領隊的二等兵學長才出聲安慰：別理他，就他最雞巴，一來就遇上，算你們倒楣。

馬公還是要去的，就在氣象聯隊本部等開往澎湖的航班，一天兩天，航班不來，一周兩周，而航班總也不來。一開始還掛念著，逐漸地也就安下心，隨它去吧，對於不操之在己的事情，我們又能怎麼辦？不必預期它好，不必預期它壞，彷彿一叢熟透了的刺沙蓬，自斷根部，讓風決定它的方向。

一水之隔，觀音山與隊本部素面相看。

若搭捷運到淡水，總站下車後往河畔走，左手邊大排水溝旁有棟高腳屋，木屋殘破，已遭棄守，屋前爛泥巴裡水筆仔叢生，漁舟三兩在那兒也不知是停泊或擱淺了。

視線往前追蹤，幾幢紅磚建築是英商嘉士洋行倉庫，昔日廢園經過整頓，如今屋舍儼然，化身文化園區，氣象聯隊就緊鄰著倉庫用同一道矮牆。過去常有小兵晚飯過後猴一般翻牆進鬧區，只要趕著晚點名前現身，值星官並不多加追問，而今牆頭滾著一圈圈鐵蒺藜，不假外出怕沒那麼容易了。

再往前走到河邊，想像自己是一株迎客松，背往前傾，探頭遠眺，可以眺見臨河有一道斜坡直鑽到河床的停機坪，這裡原是一座水上機場，昭和十二年（一九三七）動工，四年後落成啟用，是台灣僅次於松山機場的第二座國際機場，每兩周一個航班，往返於橫濱、淡水與盤谷（曼谷），啟用八個月後因日本偷襲珍珠港，十二月十二日停飛。

氣象聯隊設這兒並非偶然，因水上機場上方有座氣候觀測所，也建於昭和十二年，最盛時期曾有二十多人的編制，現為一人觀測站，日式房舍只剩下了地基。二〇一〇年，這裡由陸軍關渡指揮部裝騎部隊接手管轄。

這些資料，網路上都查找得到，但是故事——你的我的——需要有人接著說下去。

初到氣象聯隊，侍從士即將退伍，上頭屬意我占這個缺。「肥缺耶」，羨慕的字眼學長們用揶揄的口氣說了又說。侍從士怕沒早日確定接班人會影響休假，說服我：你想想，跟在少將聯隊長身邊，就算你不狐假虎威，旁人也要顧忌你是誰的人。

我的心思卻不在這兒，我明白，以我所學，日後不會再有一段時間像當兵，可以讓我在日頭底鍛鍊。憑著一股魯莽，我在莒光作文簿寫下：「我本是農家子弟，深諳四時更迭、草木榮枯，懇請能夠讓我照顧園區花草，在陽光下勞動。」不能不說，當時我是有點兒天真。

不幾日，傍晚用過飯後，我躲海邊一個隱蔽的角落，看河水反映落日，光影投射於堤岸上搖搖擺擺，有人喘著氣跑來喊我，說副聯隊長找。完蛋了，出了什麼事？副聯隊長就等在寢室門口，身後是一吋吋沉落海面的夕陽，逆光勾邊，更顯得他的龐大與威嚴。

他揮著手上的作文簿，問我，這是你的本意嗎？別人求都求不來的機會你要放棄？顯然他是帶著答案來找我的，確認了意向，他爽朗地說，好吧，那就照你的意思。

副聯隊長為了什麼事來找我，學長們對它的興趣，還不如他親自走這一趟，而不是傳喚我去他的辦公室。都嘖嘖說，看來背景很硬喔。

日後我曾提起這段經歷，將來寢室找我的人說成聯隊長，我想改寫記憶，強化聯隊長親切的形象。然而，每回腦袋冒出這件事，意識都會有一閃即逝的「勘誤」，疾如閃電的一瞬白光那樣警醒著自己。我常覺得記憶是可以被改寫的，但在某些事上，它頑固地堅持最初的模樣。

氣象觀測所在橋頭哨左近，淡水鎮中正東路四十二巷，營區大門就設這裡。

橋頭哨是便衣哨，只站白天，最怕五六點鐘晚餐時分，食物的香氣飄啊盪地，逗弄著，撩撥著，便有點想家。

一橋之外有紅燈戶，常有男人開車或搭計程車前來，這些男人進屋前，總先在路邊灑一泡尿、吐口口水，儀式似的。

營區與眷村共享一座小山，面對橋頭哨，往左是眷舍零零落落，散布在幽深的雜木林間，直通到海防哨；往右是長長一條石板路，拐個彎便見著了正哨。排列成魚鱗圖案的這條石板路，厚實、穩固，若無人為破壞，它將是永恆見證者。

這是世界上最美的一條石板路，當我離營準備放假時；這也是世界上最招人埋怨的一條石板路，當我收假回營，走在石板路上，每一個坑陷都是心上的一個疙瘩，每一步腳底與石板的摩擦，都發出一聲心底裡的牢騷。

石板路上常嬝嬝亭亭走來一名少女，到正哨旁對外開放的福利站採買。

少女長手長腳，面貌姣好，身板是纖細了點，但有掩不住的媚態，給人阿莫多瓦鏡頭底女人如潘妮洛普．克魯茲的飽滿想像。自從福利站改由一名俊美的學長看顧後，少女幾乎天天現身，也不買什麼，只為了看看學長，有機會說上幾句話。

學長雖然俊美，但與人應對薄鹽寡糖的，一逕板著一張臉，有回也不知為了什麼，少女離去時眼眶紅紅的像剛哭過。兩人漸漸相熟，旁人看著，覺得他們倆根本是一對小情侶了。

學長退伍時，少女就陪他肩並著肩走出正哨，拐個彎消失在石板路彼端。

薄寡學長之前，負責福利站的，是我與同梯三人初到聯隊時，那位扁著聲音要我們皮繃緊一點的學長。

這位學長不太修飾情緒，有個夜裡突然發作，對他的一名同梯又吼又叫，像貓被踩著了尾巴，但對方並未理睬。當他的面是沒人說什麼，私底下拿他當笑話的倒是不少。

好的壞的，誰的現在都是過去的總和。我似乎可以理解，像他這樣舉止陰柔的男性，自幼要面對的言語譏諷，甚至肢體的霸凌還會少嗎？有人默默承受了下來，積鬱成心底的瘀青，也有人一察覺狀況有異，便貓一般聳背、豎毛，叱牙咧嘴武裝起自己，久而久之，更敏感、更尖銳、更不饒人，也就成了生命的底色。

略有點往來後，學長待我倒是和氣，還推薦菜逼巴的我去評藝工大隊年度競賽，在中華路國軍英雄館看了不少雖感覺到空洞，但是奢華、專業，技術上不太找得出破綻的演出。

大刺刺地這位學長總帶著一個小手提包，裝著ＣＤ隨身聽等物什，塞著耳機，鼻尖哼著片片斷斷的旋律。一日，有人驚訝問我，你不知道他是誰嗎？我搖搖頭，對方告訴我，他是電台ＤＪ啊，也主持電視節目。學長退伍後，我刻意去守著電視看了，國語台語英語交響，嘰哩呱啦介紹當紅的西洋金曲，對瑪丹娜啊、凱莉·米洛啊格外鍾愛。

營區設有三個崗哨，正哨一天二十四小時值勤，橋頭哨早六晚六，海防哨緊臨淡水河，只站大夜班。

出了海防哨就出了營區，退伍老兵還在聯隊搭伙的，唯有一名單身老兵，他住海防哨左近營區裡。

老兵短小結實，手臂有暈糊了的刺青寫著「反共抗俄」，現身時總是著軍靴、打綁腿，精神矍鑠，一副準備隨時啟程的模樣。

經過爭取，上頭讓我和長我一梯的許耿睿互調任務，我仍占侍從士的缺，但做園藝工作，許耿睿當侍從，休假時由我代理。我們在老兵獨居的紅磚屋前，沿斜坡闢一塊菜圃，菜圃一隅長一棵木瓜樹，結幾個果子，可有可無地發胖，不情不願地轉黃，至於它是哪一日甜熟到可以入口的？那就要問問那群撲撲翻飛爭相啄食的鳥雀了。

這塊菜圃被稱作「木瓜園」，每到木瓜園勞動，都要向老兵借水。他不太說話，囫圇吐出的鄉音更是一句也聽不真確，我喔喔地回應，也是猜測也是應付了事，只懂得一句他常掛嘴上的「就要回去囉就要回去囉」。回哪裡去呢？哪裡是他的故鄉，故鄉還有他的親人嗎？

回得去的，大概只有童年，只有記憶了。

下哨若在夜半，我常不直接回寢室，而是到淡水河邊靜立片刻，夜色如被蓋在對岸觀音山上。它沉沉睡著了，胸口一起一伏，鼻息一呼一吸，與溶溶西去的流水相唱和。

我站斜坡跑道前端，漲潮時河水就舔舐著鞋頭，放眼台灣海峽，出海口立著一座燈塔，一秒鐘、兩秒鐘，我在心裡默數，三秒鐘、四秒鐘，怕看漏了我不敢眨眼，五秒鐘、六秒鐘。每六秒鐘燈光有一次閃爍。

二三月間春天的跫音響起，夜裡，營區瀰漫香氣，濃郁、甜蜜，像是衷心的祝福。若從遠處張望，或會發現整座營區籠罩在花香的蕈狀雲裡。花香來自老兵屋後一棵柚子樹，春天開一樹小白花，花落後結纍纍小果子，帶來豐收的想像。然而一整個夏天，颱風接二連三，每回都帶走一些，入秋後，就只剩三五顆了。

小兵來了，耍流氓的那幾個，在竹竿前綁上鐮刀，伸長手去勾去割，柚子滾落地面，彎身撿起，徒手剝開，取食，嚼兩口，膝反射似地啐罵一聲好像被耍了，便隨手丟棄，又去糟蹋其他生靈。

入冬後，出海口有漁火點點，無關乎詩情與畫意，這一艘艘小船正迎著凜冽的東北季風捕撈鰻苗。這一季的收穫，或就是一整年的生計來源？

春天又來了，小白花開得正歡時，幾日不見老兵，便聽說他死了。怎麼死的？也沒人問起也沒人深究。

我和幾名小兵被遣去收拾老兵的屋子，只見環堵蕭索，木板床、薄被單，牆上掛孫中山、蔣中正、蔣經國肖像，褪了顏色、起了毛邊的國旗垂頭喪氣。空間中最顯眼的，是一架電視機。

就要回去囉就要回去囉，沒有了形體的羈絆，遊子兼程趕路，回故鄉去了。

一年十個月的役期，我犯過兩次錯，都因為站崗。

一回，兩名便衣略過正哨，直接由便道進入營區，我未做盤查。

另一回，寒冬深夜被叫起床接哨，我應了聲好。對方似乎還跟我確認了，「不要又睡著了喔」。而我，竟然又睡著了，隔天甚至沒意識到這回事。

是以耳語傳播的方式，學長警告我，等著關禁閉吧。有點不安，可是遲遲沒人來找我問責，上頭只是以宣導的方式，要官兵注意衛哨安全。

偶爾有人嗆我，你背景很硬喔？語氣裡透露複雜的訊息，我聽得出來，是想要挑釁、想給你一點顏色瞧瞧，卻又有所顧忌。我摸不著頭緒，反問對方，什麼背景？便有人說，聽說你們這一梯的，有人有靠山。

靠觀音山嗎？現在的我也許會耍冷這樣回他，但當時我訥訥不知如何應對。

的確也有「階級意識」鬆懈的時候——有個長我一梯的學長，政戰士，人沒什麼不好，就是愛抱怨，隨時以著他特有的，蚊子般嗡嗡哼哼的鼻音發著牢騷，好討厭。有回我上洗手間，碰見了，下意識地我喊「學長好」，而他回我的是：「好什麼好，哪像你們這麼好命。」沒經過思考地，我脫口而出：「命不好，就認命吧。」

家裡做什麼的？認識什麼軍中或政界高層？常有人有意無意問出這些話。沒有，沒有，沒有，家裡是種田的，但勉強維持生計靠的是父母做的小工。同梯某把一切看在眼裡，有回獨處，忍不住念我：不要說沒有啦，要說不知道，曖昧、模糊，就讓他們去猜，這樣最好。

我學不來他的世故，但我羨慕他的不討好、無所謂。

侍從士服侍的是少將聯隊長和兩位副聯隊長，與于姊同一個辦公室，工作都由她吩咐，也就是泡茶、送公文、迎接與送行等細瑣，沒什麼難的。

偶爾會被遣去摘野菜，川七，炒麻油，或氣象觀測所左近有幾棵香椿，血色新芽，剁碎了炒蛋或拌皮蛋。集合場旁醫護室後方有桑樹，桑葚轉紫轉黑，趕在鳥雀爭食前採下，洗淨，撒一撮白糖拌勻，酸酸甜甜。做這些事像郊遊，田園詩般小趣味。

營區裡除了軍人，還有幾名職員，清一色中年女性，其中一名，嬌滴滴的，燙了個爆炸頭，身材保養得宜，《翠笛銀箏》的崔苔菁似的。下班後她總在集合場等交通車，修長雙腿常穿箭蛙體色，橙橘、茄紫、蘋果綠的鮮豔褲襪。她從沒正眼瞧過小兵，但與軍官，尤其一名矮小、禿頭，弄臣樣的少校講起話來，腰肢扭啊扭的，又噗噗地笑，作勢打他，像是在調情。

于姊也是聘雇人員，幹練，護主，一回一名上校拿一罐蜂蜜說要送給侍從室，她笑呵呵地道謝收下。稍後，收斂了表情說，這些蜂蜜過期了，某某只是想藉我們的手丟掉它。

上編劇班、上表演課，于姊的日子過得很起勁。她發表人生意見，提醒我們，男生出手要大方點，不要彆彆扭扭的。又常掛在嘴上：你們叫我一聲姊，是瞧得起我，我不能因此抬高自己。這句話我年紀愈大感觸愈深。

少將聯隊長啊，就算沒當過兵，認識他的人也不會少，退伍後他在電視台當氣象主播，人稱氣象將軍，俞川心。

俞少將為人儒雅，正派，善養生，傍晚打打網球，也寫得一手好書法。我每天要為他泡一杯熱茶，枸杞子之外，夏天加蔘鬚，冬天是蔘片，保溫杯旁用長方型塑料盒置一張小毛巾，沾濕，滴幾滴明星花露水。

營區裡蓋了座ㄇ字型平房招待所，一落成，我與許耿睿便住進餐廳後頭盲腸般一爿小寢室。有個冬夜，只我一個人，聯隊長突然現身，手上提一只塑膠袋，他說餓了，便進廚房開火，一會兒後，端出一碗什麼湯給我，又給自己盛了一碗，湯色白濡，米粒懸浮，沉著一顆蛋包。

這湯餿了嗎？發出怪異的氣味，我實在無法下嚥，便嘰嘰喳喳讓自己嘴巴很忙，問這是什麼啊，哪裡的食物呢，怎麼做的？聯隊長一一回答。唏哩呼嚕地他把這碗湯喝了，起身，說你慢慢用吧。他一離開，我迫不及待地，便把整碗湯給倒進馬桶沖了兩次水。

大學畢業後回鄉下待役，為了鍛鍊體力，每天清晨一起床我便出門跑步，漣漪般一天天一圈圈擴大路程，因此在台南官田新訓時，不太有體力上的困擾，但班長排長營長的嘶吼、詈罵，言語的羞辱、刺激，真讓人崩潰，下部隊來到氣象聯隊，才覺得自己被當個人對待，即連少將，面對小兵也和和氣氣的，那時候以為是恩惠，現在知道了，原來是修養。

有段期間，來了個尉級軍官，突然地營區又充滿叫罵，一日，聯隊長終於看不下去，略有點怒意對他說，「話就不能好好說嗎？這裡是氣象聯隊，你以為是哪裡？」若干年後我讀到一則新聞，哈利王子即將成婚，準新娘梅根試菜，因為菜肴裡有蛋的成分而她交代過不能有，因此把主事者指責了一頓，她的準奶奶伊莉莎白二世看在眼裡，將她帶到一旁，對她說，在這裡，我們不這樣對人說話。讀到這則新聞時，我想到的，就是少將聯隊長俞川心。

臨休假，聯隊長常讓我搭他便車進市區，開車的是一名白淨駕駛士，一回我去通知派車，幾名駕駛正在閒聊。不知怎麼地這位駕駛士說起，他去表哥家過夜，兩人同床，表哥的女友也在，半夜裡，表哥和他女友做起愛來，白淨駕駛士說：他們不怕我看，我也就大大方方地看了。

青春騷動，軍中的性話題源源不絕。有個血色充沛的學弟笑他同梯，說他們一起到萬華嫖妓，就隔著薄薄一張木板牆，時間到了他的同梯還沒完事，需要再買時間，可是錢不夠怎麼辦？同梯便敲敲門板，高聲喊他：你有沒有帶錢，先借我啦。血色學弟哈哈大笑，說：冇錢也跟人家開查某。

一名士官長聽著，點點頭說，要的啦要的啦，當然要補票的啦，一節十五分鐘，時間到了還沒結束，就要再花錢買一節。原來他說的是八三么的規矩。

兩名上校副聯隊長，對照組似的，作風截然相異。

清簡的這位，低調、謙遜，知道我常在報上發表文章，對我說，雖然現在只讀軍事書，但學生時代他也讀文學作品、也寫文章，說完，趕緊謙退一步：當然，沒你寫得這樣好。

似乎有這回事，他說：你讀輔大是吧，輔大有位神父是我舊識，如果你回母校，幫我問候一聲。我果真去了，神父行動不太方便，幽微的光線中我們閒聊三兩。

確實有這回事：營區位於淡水出海口，漏斗狀咽部，迎著風迎著雨，夏天裡颱風接二連三，花草摧折，小樹連根拔起，遭火拚血洗一般。一回颱風過境，副聯隊長站正哨旁石板路上，扯著一根藤蔓卻糾纏樹間遲遲無法扯下，我就立在一旁看著。看著看著有些出神了，直到站哨的一名學長怒斥我，你在幹什麼？不會幫忙嗎？副聯隊長趕緊緩頰，沒關係的沒關係的，我來就好。

丟臉哪我。

小兵都說，清簡副聯隊長是個好人。然而，尊敬卻不知道怎麼親近。另一名副聯隊長，作風海派，更受到大家的簇擁，就是他，帶著莒光作文簿到寢室找我，當面承諾調換我的職務。

海派副聯隊長身量高，梳油頭，十分體面，他養的一條狗，也背高腰瘦、烏黑油亮，稱得上俊美。這條狗平常關浴室裡團團轉，一放封，小馬般滿營區奔跑，亢奮異常，大概就是小兵放假了的模樣。

副聯隊長嗜吃，養出了個大肚子，他問過我，你喜歡吃些什麼？我說，魚，我喜歡吃魚。他很有興致地再問：什麼魚？我答：吳郭魚。副聯隊長不吱聲了，這個答案太不能夠顯示出品味了吧？我解釋，因為媽媽常做，所以喜歡。副聯隊長說，好。再沒說其他了。

每日午飯過後，海派副聯隊長便窩到交誼廳打打小牌。當過兵的都知道，自有熱愛攀關係套交情的下屬，也不乏享受被前呼後擁的長官。那些行動和言語上的諂媚阿諛，幾乎就是一種醜態了。不過，你可以鄙他們卑劣，也可以憫他們卑微，可不要因此誤以為自己高人一等，大家都只是以自己擅長的方法，讓日子容易一些罷了。

有段期間，興起一股雕刻水筆仔樹頭的風潮，在營休假時，一個個趁著退潮下到河裡，一開始只挑老的病的，很快地只要看中的便砍了下來，洗淨、陰乾、去皮，拿美工刀雕鏤，認真、專注，客廳即工廠做著代工一般。又一個個拿著成品去跟海派副聯隊長獻寶，他也煞有其事地品評：這個好，好在它的姿態，那個好，好在它的紋路，應該再怎麼調整會更好。

其實啊，奇形怪狀的，再怎麼好也好不過好端端長在潮間帶。

潮間帶是潮水一漲一退過渡的空間，緩解了浪潮對陸地的衝擊。當泥沼裸露，兩棲動物現身，引來各色水鳥邁開修長雙腿，走著啄著，頭一點一點地，尖喙像把鍬，一次又一次探向地底覓食。

水筆仔長在潮間帶。紅樹林不只水筆仔，還有紅海欖、海茄苳、欖李等樹種。

淡水紅樹林則為水筆仔純林，很長一段時期，以該生態在全球緯度最北的自然分布地點而知名，不過，更北方的琉球和九州南部，後來也都陸續發現它的蹤跡。

營區臨河築了水泥堤岸，沿岸九重葛侵門踏戶，只餘窄窄一線通道，間置一座石椅，少有人跡，夏天，我常在晚飯過後悶聲不響到這裡坐坐。

淡水夕照五彩斑斕，艷光四射，深深迷惑著我的，卻是更為尋常的日光經河水反射，在堤岸上的投影。搖著晃著款擺著，像風中燭火；停駐、翻飛，難以捕捉，宛如蝴蝶拍翅；閃著爍著跳躍著，是舞蹈也是音樂，突然擦亮的一個光點是激昂的高音，旋又趨於和緩，埋伏、潛行，伺機等待另一波的舞動。

和招潮蟹、彈塗魚、高腳鴴一般，光影有自己的生命、自己的意志。

一晚，夜色如墨，我仍待在河邊，聽見一串串「不—不—不」的什麼鳥類的低鳴。隔著九重葛，一道光束在木麻黃枝葉間搜索，有人竊竊私語，「有沒有？有沒有？」一個低聲驚呼，「在那裡。」接著是一顆小石子被彈弓射出，又一顆，又一顆。

隔天有學長得意洋洋捉著一隻小領角鴞炫耀。說到領角鴞遭強光突然照射，反應不及，便學牠睜大眼睛傻愣模樣，逗樂一夥人。學長說要養這隻小領角鴞，不過，一日未盡，牠便癱軟成一團，死了。

潮間帶飽含生命力，卻也常堆積琳瑯滿目的垃圾，小型動物的屍體，飛蠅喧鬧，蛆蟲的嘉年華。颱風剛過，河水暴漲，垃圾與屍體在水面漂流，遠遠地還有隻落水狗，掙扎著往岸邊泅泳，那麼吃力，正在與死神拔河。

有個二等兵趕忙找來一根長竹竿，伸開手去探向落水狗。

狗很快攀上竹竿，幾乎可以聽見死神的一聲惋歎、準備鬆手之際，二等兵卻狠狠戳牠一下，將牠更往河心推去。放棄了就只有死路一條，狗仍不死心，二等兵再度往牠身上戳，再戳，牠被送到更遠處。

是因為圍著一圈人歡呼鼓譟，二等兵沒有選擇餘地地只能繼續這場惡戲？或是，他其實是把自己在軍中受到的委屈統統發洩在這條狗身上？

這名二等兵個子小小的，一臉稚氣，二十餘年過去了，我還記得他的雙頰因為亢奮而一片紅暈，雀斑一顆顆更顯清楚，耳際還能聽見他發自鼻尖，因為惡作劇而高昂的細碎笑聲。

幾次戳弄，落水狗終於沒了氣力，任河水帶牠漂向大海。

我站一旁看著，心裡抗議著、祈禱著，但面無表情，一聲不吭。我是共謀吧？那一刻，我感覺自己長成了一個陌生人。

颱風過後，潮水退得遠遠的，而大量漂流物近在斜坡跑道上，集中後淋上柴油，劃一根火柴就地焚燒。就在烈焰喧天，滾滾濃煙中，一隻烏龜拔腿逃竄，逃過了祝融卻落在一名小兵手中，他高高舉起烏龜，像奪下一面錦旗。

小兵拿起美工刀，在龜殼刻上自己的姓，然後，他把烏龜扔進脫水槽，設定時間三分鐘。這可不是《四百擊》裡安端玩的離心力遊戲，烏龜大概連內臟都嘔出來了，一槽噁爛腥臭。要直到不知情的菜鳥來報到，才有人敢再用脫水機。

青草地上黃色蒲公英盛開，一名小兵推出割草機，震天價響，換來齊一的寸頭。一隻青蛙自春天的夢裡被驚醒，鼓足氣力一躍，卻找不到藏身之所。小兵興致來了，推著割草機追逐，往東往西，青蛙疲於奔命。最後是利刃劃過，青草地上肉泥飛濺。

另一隻青蛙，另一名小兵。年度裝備檢查前夕，小兵正為聊備一格的滅火器上新漆，發現腳邊一隻青蛙，便放下工作去追著玩。三兩下地就把青蛙捉在手中了，他拿起刷子，將牠漆得通體艷紅，才將其野放。小兵到處去跟人炫耀自己的惡行。

洗手台上躺著一枚枯葉，絲絲縷縷冒著白煙，是誰劃的火柴，近處有半截燃燒過的火柴棒在白瓷磚上烙出焦黃。枯葉有三分之一成為了灰燼，而火仍在悶悶地燒。我湊近端詳，才發現這原來是一隻模擬枯葉的蝴蝶，細長的腳僵化蜷曲成一團，也許只是因為死亡，或因為痛苦的死亡，死亡的痛苦。

我輕輕將蝴蝶撥下，旋開水龍頭，嘩嘩的水聲是為牠唱誦的禱詞。

這些小兵本就如此視生命為無物嗎？我不知道，肯定的是，沒有什麼可以無中生有，殘酷躲在人性的牆角，軍中這個極端環境誘引出了它。

約瑟夫・布羅斯基說：「沒有任何一個俄羅斯劊子手不擔心自己有一天也變成受害者，也沒有任何最軟心腸的受害者不承認（哪怕僅僅是對自己承認）自己有一種把自己變成劊子手的精神能力。」電影《一個勺子》裡，拉條子拾了個傻子，他上村長家，想問問有沒有療養院可以收留傻子，村長喳吧喳吧啃著一盆肉骨頭，回絕拉條子後，又挑了根沒一丁點肉的骨頭給他。拉條子受了辱，事後拿這根骨頭打得傻子唉唉叫，拉條子罵罵咧咧，說的全是反擊村長的話，他是把在村長那裡受的屈辱全發洩在傻子身上了。

食物鏈底端的小兵，就只能向這些毫無還手能力的羊啊狗啊烏龜啊青蛙啊蝴蝶啊下手了。

這世上不乏逢迎拍馬想圖點好處的人，那也是因為有人給了機會。

營長是個軟爛好人，略胖，口齒黏糊，看著有點憨。一回同桌吃飯，他吃飽了要先離席，我說，營長慢走。他愣了愣，回我：好，我會慢慢走。

晚點名過後，營長常在寢室跟小兵喝兩杯，有時還會故作糊塗讓小兵翻牆，穿過倉庫廢墟，到鎮上外帶幾樣小菜。

相較於大專兵多不擅長應對，在社會闖蕩過幾年才入伍的小兵，陪長官喝喝酒、賭賭小錢，更懂得在混亂的局面裡為自己爭取權益。要的也並不多，就是少一點的勤務，多一點的假期：榮譽假或幾個小時的散步假。營長一喝酒便胡亂應允，等清醒了，嘴裡咕噥著你們就會拗我假，多數時候也就放行了，若是後悔，小兵還會你一言我一語地頂嘴。

習於攀附的人，既要從你這裡拿到點什麼，同時他們嘲笑你容易被收買，輕易把核心價值當成酬庸。或就是對自己很有辦法洋洋得意罷了。

招待所落成前，為了安置水塔，營長領一隊小兵，手持鐮刀、柴刀、鋸子、鐵鏟，硬是在人跡未至的山坡上闢出一條小徑。小兵們殺紅了眼般停不下動作，草蕨離散，姑婆芋腰斬，竹子節節敗退，相思樹呼天喊地……營長看在眼裡，終於放聲喝道：夠了，不要再砍了，樹也有生命你們知道嗎？他指著草木斲傷流出的黏液，說，你們看，都流血了。

他的聲音裡帶著一股憤怒，不如此無法把意見表達出來似的。

這股憤怒裡，有孩子的純真。

正哨旁一座池塘，池塘邊沿林木幽深，養著雞啊鴨啊等家禽，被稱作「鴨寮」，也歸園藝兵管，還有一籠兔子，毛茸茸的好可愛，我和許耿睿把牠們當成寵物養。

一個正午我剛下哨，巧遇海派副聯隊長。他一見我，好開心，朗聲說，快去吃飯，今天加菜，就你養的那幾隻兔子。

唉，這教我怎麼下肚呢？

伙房裡有個學弟，宜蘭人，家裡是辦桌的，說起話來有點大舌頭，眼裡有良善的光。一個在營休假日，他被遣來找我幫忙，伙房正準備晚餐加菜。

地上攤著兩隻已經放血但仍微微顫抖的兔子，像被棄置的舊毛衣，宜蘭學弟自雙耳提起其中一隻，從劃在脖子的刀口處往下一拉，唰地脫衣服似的，一眨眼便將整層皮毛給褪下，手上一具光滑肥膩的屍體，肚子裡一團早上剛餵的飼料若隱若現。身後大廚學長將另一隻兔子踢我腳邊，說：自己養的自己殺。我低聲求饒，學長……

「你們這些大專兵，光出一張嘴，叫你們做事就一堆藉口。」大廚學長念念叨叨看來沒打算放過我。這時，宜蘭學弟不動聲色蹲下身去，刀子左劃右劃唰地便幫我把兔子皮給剝好了。大廚學長輕輕踢他一腳，啐他：雞婆。

我遞給學弟一枚感激的眼神。

睡前，坐書桌前，將細節寫進筆記本。寫作者常常是嗜血的，渴望著打動自己的刺點如陷阱渴望著獵物，哪怕因此被刺痛被傷害，也因為文字牢籠的收穫而竊喜。

我的書桌是一張大圓餐桌。

新建的招待所落成後，我和許耿睿自大寢室搬進招待所後方傭人房也似的一爿長條型寢室。屋子是鏟掉山腳蓋成的，濕氣重，一架除濕機一天可以積滿一桶水。

寢室外是餐廳，空間不大，但有一張十六人座大圓桌。校級以上長官常在這裡宴客，菜色都由伙房負責，豐富但不奢華，講究的是酒，每開一瓶新酒，便說明來歷，誰送的茅台，哪裡的紹興，珍藏多久的高粱，舉座爭先恐後都高聲說這個好這個好，氣氛十分熱烈。

我就俯在這張大圓餐桌上塗塗寫寫。

以燧石相擊升火那樣原始的方式摸索著寫作，大四時終於有了些火花，延續這把火種，在氣象聯隊的眼見耳聞，不斷地為靈感添薪加柴。白天，每有想法，便拿出放藍色工作服上衣口袋的紙筆，將關鍵字記下。睡前，坐餐桌前，一筆一畫打草稿。什麼都有些感觸，毫無檢擇地寫，謄抄進稿紙，封緘，夜色裡我穿過集合場，到對角線的福利站前，將稿件投入郵筒。

不到兩年竟有上百篇如今是羞於回顧的習作見報，退伍當天我請了假，南下高雄去領一個文學獎，評審是陳冠學先生等人，出席頒獎的則是葉石濤先生。葉老淳樸敦厚，像我在鄉下老家務農的叔叔伯伯，不記得他說些什麼了，只記得說著說著，拿麥克風的手微微發著抖，似乎有點緊張。

當年我並不知道，投入郵筒的除了手稿，我也把自己投遞了出去，將自己送到更廣大的世界。

記得台南官田新訓中心結訓在即時，抽籤決定軍種和部隊。我抽中空軍，分發部隊前有一波選兵。班長特別交代，不管你有什麼技能、專不專業，儘量嘗試與表現。

一名尉官問，有人美工專長嗎？我舉手應徵，他發下紙筆，讓一夥人寫「蔣公誕辰紀念日」美術字。我拿出作海報的經驗，工整畫了幾個字。上繳後，不旋踵他告訴我，你被錄取了，將分發到空指部，在台北鬧區。登記資料時，尉官卻遲疑了，皺著眉頭告訴我，可是你已經被氣象聯隊訂走，要去綠島。

一同分發到綠島的有三個人，下部隊前一夜營火晚會，眾人為我們唱這綠島像一條船，在月夜裡搖啊搖……歌聲如潮一波波湧來……姑娘你也像那流水，在心海裡飄啊飄……抒情而溫暖，我卻茫茫然地，有點暈船了。

隔天清晨摸黑離營，部隊走在甘蔗田間小路，大霧籠罩，四野寂默無聲。也許所有人都正專心盤算著、揣測著自己的命運？火車站前與弟兄們告別，這一別，日後就算相遇也都不認得對方了吧。

列車上不知怎麼地我上吐下瀉。終於到了台東，長官讓我們去打通電話，我告訴母親，要去綠島喔。母親說，綠島啊，要去那麼遠的地方啊。我很虛弱，但故作歡快地說，對啊，要去綠島耶。

在志航基地等船，幾天後消息傳來，說轉調馬公，便搭上俗稱老母鷄的C一一九，在淡水氣象聯隊等航班。這一等，直等到了退伍。一九九五閏八月將至，風聲十分緊張，但我要退伍了。我幫住士林的同梯某搬家，某才告訴我，是他的家人透過關係，讓他留在台北的。因著什麼考量呢，同梯三人的際遇押了同一個韻腳。

當我以為我要去綠島時，當我以為我要去馬公時，其實我已經命定要去淡水了。我沒有非去綠島不可，沒有非去馬公不可，也沒有非去淡水不可。能夠作主的我就牢牢把握住機會，不能作主的命運，我也不想頑抗。人生一場體驗，好的壞的我都接受。

魁生投江

退伍了，回彰化，打算透過自習考藝術史研究所。

母親叨念著，怎麼還不去工作？雖然有個家教，同時應徵上瞿海源主持的「台灣社會變遷基本調查」，負責伸港沿海曾家村的問卷調查工作，不過，沒有個正職，看起來就像隻米蟲。

叨念我的不是母親，是生活，是生活這頭獸附身母親發話。而我，雖然心裡也急，仍嘻皮笑臉回她，不要急，你現在是在投資。她也拿我沒辦法。

讓我驟然放棄考研的，是愛情的挫敗。

不是第一次說了：這個時代，最大規模旁觀他人探險的所在，是電影院；現代人親身涉足的最大冒險，是愛情。恍恍惚惚，魂不守舍，連母親都看不下去，問：你怎麼了？用的是少有的嚴峻語氣。

跟大學同學M提起，想回台北。M說，先上來吧。他家用來出租的頂加小屋還空了一間，先住著，等找到工作再搬家。

M住三重碧華街，街上有許多布匹買賣的店面，更吸引我注意的，卻是小街一頭是家紅燈戶，另一頭，是茶店仔，夜裡經過，懸著花布簾的窗口透出綺旎紅光，慾望的氣味，人的風景。

循著報紙分類廣告寄履歷，是一家印刷廠兼營的雜誌社，應徵的是美術設計。很快有了回音。面試當天，總編輯給我做了心理測驗，又拿一篇短文章讓我設計一頁版面。因應主題「陶藝」，我畫了個磚窯，錐狀，煙霧自頂部裊裊冒出。啊，四分之一個世紀後回顧，才驀然意識到，這哪裡是窯，倒更像一座活火山。

也就錄取了，公司就在三重，順勢在碧華街住下。

第一個任務是做我面試時設計的版面。當時全憑手工，使著剪刀美工刀鑷子完稿膠，將照相製版的文字拆解又重組成一座火山，喔，不，是一座窯。

大三升大四時曾在《藝術家》雜誌實習，帶我的王庭玫女士在我第一天報到時開宗明義對我說，在報紙或雜誌等媒體當美編，要掌握兩大原則：除了求好，還要求快。而我，第一份工作第一個任務，就給自己出了個難題，俯首桌面奮戰像做什麼手工藝品，身後資深同事某大姊看在眼裡，第二天她冷冷地自鼻腔冒出一句話：我看，給你一把圓規，你也不會用。

想想也對，視覺藝術只是我的興趣，畢竟沒受過技術上的磨練，便口頭向總編輯請辭。總編沉吟片刻，這樣啊……那你對文字編輯有興趣嗎？我點點頭，他說，那就留下來當文編吧。

就這樣，結束了短暫的美術設計工作。也並不覺得可惜，當時懸在心口的，不是美術設計，是寫作。

在報尾巴看到一則訊息，阿盛寫作私淑班招生。打了電話，是老師本人接的，他也沒說報名成功與否，只是跟我閒聊。掛斷電話前他說，最近梁實秋文學獎正在徵文，投稿了嗎？我回：有在寫，但好像趕不上截稿時間了。老師斬釘截鐵說：熬個夜寫完，值得的。

截稿迫在眉睫，熬個夜也寫不完。

恰巧賀伯來襲。這是個造成台灣逾五十人死亡、五百間房屋全倒的強烈颱風。打電話給主辦單位，獲得承諾說，以郵戳為憑的截稿時間，將延至恢復正常上班上課的當日為止，這多給了我幾天的緩衝。

碧華街頂加的小房間臨街，一溜大窗。颱風過境當晚，風狂雨驟，鐵皮屋頂似乎要給掀了去，我還擔心冷氣機四圍的保麗龍板會崩塌，或雨水自窗縫灌進。但都沒有。出乎意料的是，雨水從薄牆汨汨冒出，牆面先是出現一顆顆水泥漆包覆的水球像湯包，很快地湯包爆裂，雨水不斷滲進屋子。

最後室內積水高達十公分。

我把物什全搬上雙拼的床板，衣服棉被電視書籍雜誌，這離地不及一尺的床板成了一座孤島。電也停了。怕是當然的，除了怕，或許還有一點興奮，為著多增加了一個體驗。

第二日在窄街兩岸清理住家的聲音中醒來，洗洗刷刷，嘈嘈切切，春節前大掃除那樣喜氣洋洋。我打開電腦，把打算參賽的文章續下去，趕在截稿延期的最後一日赴郵局寄出。這是我第一回參加大型文學獎，我沒有揣測過所謂的文學獎品味，只寫了自己想寫的。事實上，我也不知道文學的形狀，全憑自己在夜暗裡摸索，試著朝它靠近。

說好聽一點是老實，而實際上是憨慢。以今日之我去看昨日之我，我當然可以給這個年輕人許多有用的建議，然而，凡走過的路我都不後悔，已經走過的路我都不想要重來。這一路上艱難也好、容易也罷，現在之我是過去之我的總合，我要帶著過去不問難易地走向未來。

至於雜誌社裡某大姊，對我還是沒有好臉色，冷冷的、冰冰的，從鼻腔裡說話。跟她問好，她一逕寒著一張臉，視線穿過我落到遠遠的地方。向鄰座的她請教，三分鐘、五分鐘後，才轉過頭來，幽幽地回，什麼事？

心裡過不去時，我就關在廁所，坐馬桶蓋上，靜靜待上一兩分鐘。是一個堅強的信念在支持著我，不管受到什麼樣的對待，只要能學到專業技能，學到了就是我的，那是誰也拿不走的。

順流、逆流，都要化為向上的動力。那時候，我把自己的人生當勵志書來寫。轉機是一次採訪，這我也說過了：這位大姊領我前去，我做足了功課，得以在採訪時主導整個過程，提問、回饋，談得深入而愉快。任務結束，走到戶外，糟糕，下雨了。這時候只見平日對我愛理不理的她，自手提包拿出一把傘，為我撐傘幫我擋遮了雨水。這一刻，我有點激動。

我是感激這位前輩的，她教了我的文字編輯ABC，也教了我職場第一課——這是個修羅場，也是個修練場，面對忽視或敵視，與其生氣，不如爭氣。

第一份工作做了快一年半，離職了。寄了幾份履歷、應了幾個面試，都沒有著落。慢慢地也懷疑起自己的能力。有一日遇到房東——M的母親，她提議，你去碧華寺拜拜，求個籤看看。

碧華寺就在碧華街口，當即我便去了，虔敬地求了支籤，〈魁生投江〉，第二籤上中，寫著：鯨魚未化守江湖，未許升騰離碧波；異日崢嶸身變態，從教一躍禹門過。

是說時機尚未成熟，不要急，再等等吧?!現在是投資，至於將收穫些什麼，也許時間會告訴我。當然，也可能不會。

暗中

是阿哲帶我去的Funky。

「什麼，你沒去過啊？」他微微揚起音量，纖細瘦長的手指舞啊揮啊：「沒去過方，那你算是白混了。」混？說得好像我進的是個黑幫。

夏夜初啟，阿哲領我，自尋常街坊兩幢建築中間，拉開毫不起眼一扇門，奇幻故事似地，窄階梯一級一級往下，盡頭，是黝黑、笨重的另一扇門。夜剛孵出，尚未熟透，還沒開始營業呢。燈火亮在吧檯，光線散淡，空間裡陰翳層巒疊嶂，便有了一種幽深、神祕的氛圍，地下組織一般。阿哲隨口向這個那個工作人員打招呼，他看起來總是那麼吃得開，不過，大家各忙各的，沒人多搭理他。

那是一九九六，至遲不過九七年吧，網路剛崛起，大哥大初現，而捷運板南線要到九九年平安夜才開始營運，台北正經歷著迢遙不見天光的交通黑暗期。

此際，同志運動宛如埋在暗中的種子，芽眼初萌，地面被頂出一道傷口般的裂縫。關於裂縫，我們現在習慣這樣看待了：萬物都有缺口，那是光的路徑。不過，在光線未能夠企及，闃黑之中暗香浮動，公園、酒吧、三溫暖參差踴躍，菌絲般滲透於所有能夠隱藏身分而又釋放人性的所在。

每在假日前夕，八點多鐘吧，自忠孝東路轉進杭州南路，面目模糊的林務局大樓前，沿街一排冬青樹，街燈下樹影子一條條落在身上，遠遠地便可以看見長長的貪食蛇般隊伍，轉了個彎直排到青島東路去。大家是在趕九點之前的優惠時段，雖然男性限定，但總還是會出現幾張女性臉孔，躍躍欲試地。

往地下室途中，守著一名幹練的女人，黑著一張臉，粗聲粗氣地檢視身分證，冷不防地便有人被她喝斥一聲。常有那花一般的少年在夜風中搖啊顫啊，嗲聲嗲氣地調侃：「唉呦，好man喔。」這是Funky常客，記憶裡的一個花架。

暖場的是卡拉OK時間，木板拼成的舞台就設音控室前方，左右兩座立式音箱，電視螢幕高懸。

七桌來賓點播的是……多半傷心情歌，舞台上一站便是人生歌王，或低吟呢喃，或哀婉淒絕，不知是對對方的泣訴——啊，多麼痛的領悟，你曾是我的全部，只是我回首來時路的每一步，都走得好孤獨。還是對自己的喊話——啊，多麼痛的領悟，你曾是我的全部，只願你掙脫情的枷鎖、愛的束縛，任意追逐，別再為愛受苦[1]。辛曉琪的〈領悟〉，來賓請掌聲鼓勵。

接下來是五桌點播的，王靖雯〈棋子〉，黃鶯鶯〈哭砂〉，莫文蔚〈陰天〉……唱的不只是歌，唱的是情字這條路。

哪會哪會仝款，情字這條路，予你走著輕鬆，我行著艱苦。

哪會哪會仝款，情字這條路，你攏滿面春風，我攏咧沃雨。

其實啊，在這個圈子，沒有誰比誰輕鬆，沒有誰只有春風。愛是普羅米修斯偷出的火，心是他的肝，自有人像鷹一次次啃嚙他的肝臟又有人像神一遍遍讓他重生。世紀末的愛情是，傷過痛過，淚過吶喊過，學不會世故學不懂教訓，每次的愛都像第一次去愛。

張惠妹之後，就躲不過張惠妹了。

九六年底，張惠妹以《姊妹》專輯，平地一聲雷般現身，隔年再以《Bad Boy》撼動國語歌壇。抒情有時，搖滾有時，摧肝斷腸有時，爽朗開闊有時，她的歌聲富有穿透力、爆發力，煽動著聽眾的情緒，讓人酩酊沉醉，在「聽，海哭的聲音，嘆息誰又被傷了心，卻還不清醒」中黯然神傷，在「解脫，是肯承認這是個錯，我不應該還不放手，你有自由走，我有自由好好過」中釋懷。一夜狂歡，略有點疲憊了，但是當「一點都不會累，我已經跳了三天三夜」一響，便如降靈會，尖叫嘶吼，歡蹦亂跳，我們被催眠、被附身，被張惠妹化。

「你是我的姊妹，你是我的baby」，讓互稱「姊妹」的圈裡人當成彼此的密語。「我已經High了三天三夜，我現在的心情就在出軌的邊緣」，你唱的是出軌，

1 本文摘錄多首國語流行歌歌詞穿插其中，皆以楷體標出，依序為：〈領悟〉〈情字這條路〉〈聽海〉〈解脫〉〈三天三夜〉〈姊妹〉〈三天三夜〉〈妙妙妙〉。

我聽成了出櫝……在歌詞的意義縫隙裡，種種心緒找到安身之所。

流行歌曲投射了我們的渴望，我們讓它為愛情代言，藉著歌聲抒發與療癒，尋求共鳴、尋覓定位。然而，會不會有一天它卻喧賓奪主，反過來命名了愛情。以為是它懂得我，而其實是，我們的愛情愈來愈像它的複製品？

新藤兼人有電影《鬼婆》。婆婆為了阻止新寡的媳婦與人通姦，恐嚇她，這輩子犯了罪的人，死後會下煉獄，尤其對淫慾之罪懲罰最為嚴厲，刀山血池，長著人臉的靈魂，生著四條腿。媳婦雖然害怕，卻熬不過慾望的試煉，婆婆心生一計，戴上鬼形假面，在媳婦午夜私會姦夫途中，攔路驚嚇。久而久之，穿戴在婆婆臉上的這副假面，卻再也脫卸不下，她成了名副其實的鬼了。

裝神弄鬼，以假亂真，弄假成真，所謂「心魔」大約如是，所謂「心神」，也相去不遠。

燈光驀然轉暗，節奏一變而為短促輕快，動動動動，人群裡起一陣騷動，動動動動，雙腿按捺不住也跟著抖動。有人急不可待走進舞池，表情有點羞怯地，張開雙手，鼓舞朋友下場為他壯膽。轉瞬間，池子裡擠滿了人，我也是人群中的一個，搖著擺著舞動著，嚕嚕啦啦，嚕嚕啦啦，這感覺簡直就是，妙妙妙，我想叫叫叫，整個世界只聽見我的心在跳，不可能更快樂了比起跳舞。

比起跳舞不可能更快樂了，路人不重要，小狗汪汪叫，還在傻笑忘記你已經走掉，周圍出現好多的氣泡，裡面寫著我的感覺，就是，妙妙妙。

高潮落在恰恰時間，DJ巧手改編國語快歌成恰恰舞曲，旋律如摩西分海，人群有默契地分成一蘢蘢長隊伍，面對面、背對背，哪管彼此熟悉或陌生、舞技熟練或生疏，笨拙的人只要掌握住前進後退的基本步伐便不會出錯，至於那些花稍、風騷的，跳得天堂鳥的求偶舞一般。

牽手與分手是同樣一雙手，想念與相怨是同樣一顆心，方才卡拉OK時間溺斃在傷心情歌的人，此時酣暢淋漓、大叫大笑，Drama Queen似的。我身在其中又置身度外，總會冒出一個念頭：「怎麼能這麼快樂？」是先有快樂的情緒，還是快樂的肢體語言？多少年來我問自己相同的問題：怎麼能這麼快樂呢，會不會快樂也是一種演出？

那些年，周末午夜我常在Funky度過。

一個人跳舞，我常站到面對音控室左前方通道上，這裡高上一個台階，可以俯視全場，眼下萬頭攢動，不論如何壅塞，總還會有一道涓涓人潮緩緩流淌。人們離開自己的座位，暫別自己的朋友，也許說聲我去上個廁所、我去走走，也許就默默轉身，加入那道細流，一疊聲抱歉地挪動腳步。人總在尋找另一個人，也許找的是朋友，也許，找的是愛的可能，眼神中熱量的交換，或身體的慰藉。而我們總以為，種種的企求，終點都在他方。

在Funky結識朋友，也帶朋友來到這裡，然而，就和生命中所有人與人的遇合相同，走著走著，就散了。就比如說阿哲吧，很快地，朋友們發現他玩著name-dropping的遊戲，言談之中頻繁提起這個那個名人，某個初出道男演員、某音樂製作人、某活躍的社運人士，也許是虛榮，也許，自抬身價？誰知道呢，但其實並沒有人真正介意。使我跟他斷了聯繫的，是因為……唉，算了，不說這個了，但你也別亂猜，無關乎感情。

記憶是活的，有些就讓它活在過去。

也有些記憶可以當成隨身行李帶著，大學同學至今還偶爾調侃我，說我曾孟浪地站校門口前天橋上，對著橋下車潮，發表宣言般這樣宣告：「如果不跳舞，長兩條腿做什麼？」或是，我老記得哪裡讀來的一句話：「有些誘惑真行，簡直就是美德了。」這說的不就是跳舞嗎。

大衛・芬奇主導的影集《破案神探》，監獄裡，大個頭艾德對菜鳥幹探說：「我生活中大部分時候都是個普通人，有一個美好的家庭，住在宜人的鄉下，我也養過寵物，上了不錯的學校，我是個體貼、受過良好教育、有教養的年輕人，這點毫無疑問，」艾德語氣平靜、懇切：「但與此同時，我過著一種卑鄙邪惡的平行人生，充滿了暴力、混亂、恐懼和死亡。」就這麼地，我將自己與一個連續殺人犯連結在了一起。

像個外人般打量自己——我，光天化日下的我，辦公室白熾燈光下的我，與舞池裡的我，好似過著平行人生，那些年，我把我的暴力、混亂與壓力，尤其是壓力，火力發電、水力發電，壓力發電，積累的能量，發瘋似地統統發洩在了舞池，這才讓我得以免於發瘋。

黑街

有一條街，短短的，百來步的距離吧。

百來步走不完，再走上百來步，也就是盡頭了。

短短的這條街，一頭是中山南路，另一頭，公園路。

那時候，二二八紀念公園還叫新公園，圍牆尚未拆去，每在午夜逼臨，會有廣播響起，先是嗤嗤嚓嚓幾個雜音，然後，是男聲還是女聲呢我怎麼就忘了，但我記住了說的是，各位遊客，本園即將關閉，請各位遊客提前離園，離去時請不要忘記隨身攜帶的行李。男生也好女生也好，如是者重複了兩次。

一時之間，人影子一隻隻，自湖心亭、椰子樹底、灌木叢裡、露天舞台前長椅子上，影影幢幢，除去偽裝術似地現身，有人返家，有人續攤，去Funky去Jump飲酒跳舞，或是漢士、成吉思漢窩一晚。也有些人，形單影隻的，兩兩相伴的，或三五成群，遭咻咻驅趕的鳥雀一般，出其東門，橫越公園路，旋即落腳在不遠處的短街，一個個坐上面街一堵胖墩墩的矮牆頭。

街叫常德街，一側築有高牆，牆後是台北賓館，另一側，台大醫院西址院區那幢後文藝復興式建築，儘管天光下富麗莊嚴，夜的陰影底，朱顏殘褪，紋飾化作瘢痕，卻見美人遲暮的蒼涼，少有人朝它靠近。

醫院前隔著車道是一座花圃，種著櫻樹、麵包樹，似乎還有夜合花、金露花，和一些我叫不出名字的灌木，一逕瘦瘦的，像在對挺拔的大王椰子示弱以表示臣服，另有一棵老榕盤踞一隅，老臣在哉，虬結的樹幹爬滿草蕨。春天時，窄仄的草地上盛開通泉草的粉紫色小花，間或幾朵蒲公英，輝映著街燈，黃澄澄、油亮亮的。

花圃四圍是車道、人行道與矮牆，圈成一個莫比烏斯環，夜遊神繞著它踅啊踅，像倉鼠跑滾輪，踅啊踅，沒有個休止。也有人開車，緩緩繞行，遇上熟識或看對眼的，才搖下車窗寒暄，或說幾句試探的話。偶爾便有人傳來耳語，說在車上的是那個誰誰誰。這個誰誰誰，通常是社會名流，富二代，或二線男星，他們的臉孔明確對應上一個名字、一個職業、一個身分。

在這裡，我們是我們自己，我們也不是我們自己，街有街名，樹有樹名，人卻沒有人名。當然啦，每個人都有個暱稱、小名、外號，但沒人輕易洩漏自己身分證上的那一個。初進圈子，不懂這個「規矩」，連名帶姓交代了，老馬噗哧一笑，啐我一聲：誰要你說這個？

也有渴望交出姓名像渴望交出自己的時候，一如貓的袒露腹肚，信任交換信任，祕密交換祕密。拿名字換一個名字，拿慾望換一回酣暢。而拿愛換來的，卻多是一臉帶著歉意的微微笑：你很好，可是，可是我現在不想談戀愛。其實他說的是，你不是我的菜。

多數時候我叫小島，或是阿飛，另一些時候我叫Vincent。我解釋，島是三島由紀夫的島，飛是《阿飛正傳》的飛，Vincent是Vincent van Gogh的Vincent。我愛的作家，我愛的電影，我愛的畫家，但我是誰？

聚會時，難免提起不在場的朋友，說著說著，有點狐疑了，這個——比如說吧，你說的這個Vincent原來不是他說的那個Vincent啊，倒是有點像一個叫作阿飛的人，至於阿飛，又怎麼有些小島的影子呢？幾個人遞送著關鍵字，拼拼湊湊，以至於在外人眼中，圈裡人多像懷藏著祕密，作著假面的告白。

早五十年，荷塔．慕勒《呼吸鞦韆》裡，少年在公園廝混，像根接力棒似地，輪流在燕子、耳朵、絲線、黃鶯、帽子、兔子、貓、海鷗、珍珠……手裡轉著。我們過著雙重生活，被褫奪了身分，遭自己的名字流放。

流放「黑街」，這是常德街的別稱，又有人叫它漢諾瓦街。

黑街倒也不黑，月亮高懸中天，那個雲那個霧啊，都像在襯托它的皎潔。

最黑的一段黑歷史，應該要算一九九七、七月三十當天午夜，兩輛警車閃爍警示燈開進莫比烏斯環，六七個警察，或便衣，或正裝、荷槍，一一盤查數十名夜行之子，有些人被強制帶回了警局，資料輸入電腦，拍照建檔，當成現行犯似地，經群起抗議才作罷。當晚我不在現場，是以耳語傳播的方式得知這個消息，壓低了音量的語氣裡帶著恐懼、驚惶、委屈與憤怒。這些感受，自舊世紀走來的我輩中人，多不陌生。

遭逮捕的人被釋放前，警方烙下狠話：「回去告訴你們的朋友，十二點以前可以到公園，十二點以後，就回家去。」同性戀是一種網羅，巫術的權勢、撒旦的詭計，「我們就是要用臨檢，讓常德街杜絕，沒有人敢去。」「這一次不拍照，下次如果再抓到，就採取更嚴厲的手段，」以斷開魂結、斷開鎖鏈，斷開一切的牽連，燒燬，燒燬。[2]

看準了同志的怯於現身，對各種同志聚會場所的頻繁臨檢，是白色恐怖的一脈相承，儘管一九九七，距離解嚴已經十年。

又為什麼是漢諾瓦呢？初聽到時也沒追問，就這樣順理成章記下了，待心裡有了疑惑，怎麼不叫卡斯楚街、克里斯多福街？卻不知找誰問去，難道是濫觴於那部

2 本段交錯引用常德街口述歷史，與反同牧師郭美江的布道句子。

叫作「漢諾瓦街」的電影？

不不不，是因為波士頓有條同志街就叫漢諾瓦，終於有人這樣告訴我。我上網找了地圖，波士頓的漢諾瓦街長長的，像候鳥準備越冬，遷徙的航線，倒是倫敦漢諾瓦街，擲一小石之遠，也是條短街。

《漢諾瓦街》一開場，巴士站前大排長龍，有個女的插了隊，一個男的看不慣，故意去排在她前頭。車子來了，女的一個箭步往前，卻讓這個男的給捷足先登。這時女的摀著肚子唉唉喊痛，男的看見，以為傷了胎氣，便奔下車來關心，才發覺自己受騙了，頓時心生一計，裝成瘸子一拐一擺地過街……最後是兩人一同去喝了茶，發展出一場禁斷之戀。

公園裡的邂逅與搭訕，沒有這些個奶油蛋糕上小裝飾式的有趣細節。我們逡巡，我們打量，我們試探，看對眼的互換眼中的輝煌燈火，沒有意思的，漠視，閃躲，迴避，對方還不死心地駐足、凝視？則斷然轉身離去。就這樣過了一個又一個徒勞的夜。

常常，我倚著池畔欄杆，張望月亮自露天音樂台後方升起，緩緩地，慢慢地，直看著它高掛椰子樹梢。慾望是一頭養在心底的獸，一發起瘋來，直可以將人撕咬得血肉模糊。我餵牠以清冷的月光試圖安撫，也真有找到片刻寧靜的時候。

常德街的「生態」與公園略不相同，來到這裡的，多半熟識，或公園裡初見面，卻拿不定主意接下來到哪兒去，至於孤獨的人，將在常德街繼續孤獨。這裡不是個認識人的好地方，我就不記得曾在此結識了誰。

倒是記住了一張臉孔，多年後仍常想起他。

他總在午夜出現，冬裡穿一件皮夾克，手插牛仔褲口袋，腳踩馬汀大夫鞋，不斷地不斷地一圈繞過一圈。然後，消失了一段時間，再度現身時似乎黯淡許多，一樣的皮夾克，一樣的牛仔褲、馬汀大夫鞋，但臉部線條鬆弛了，眼裡不再有凝練的光。又過了一陣子，兩三年或三五年後吧，既濕且熱的台北夏夜，他還是套著那件皮夾克，微微包覆不住浮腫的身體，腳步遲滯，茫然失神，彷彿真有一種叫作靈魂或是精神的東西被偷走了。

青春，總是不夠長。呃，不，我犯了個佛洛伊德式的口誤，我要說的是——春天，冬過渡到夏的灰色地帶似的，總也不夠長，通泉草花開了謝了，蒲公英花開了，也謝了，果實逐日成熟，結出白色絨球，等著有一天夜風颳起，一顆顆種籽乘風飛颺，在街燈下旋啊轉啊舞動著，然後，就要遠行了。

萬物生長

公車往山上開去，小鎮被拋在身後。

一進郊區，幾張寫著種苗場的看板陸續自草色中突圍而出，我急拉繩鳴鈴，下車後就近走進其中一家。正中午，一片清寂，我探頭探腦，好一會兒後才有人現身。

是個中年人，四十開外吧，他看著有些疑惑，以眼神詢問來意。我像走錯了房間，怯生生發問：不知道你們有沒有在找學徒？中年人語氣溫和，但直接：沒有。

我解釋，我想轉行當花農，所以從台北過來看看。他打量我，臉上的疑惑彷彿暮色漸濃，搖了搖頭，遲疑地說，我看，你可能做不來。嗯，我沉吟，點頭，也許我同意了他的判斷。露天電影院，我在銀幕背面而他站在正面，他看得比我更清楚。但我還是作出請求：可以參觀一下嗎？

遠遠地有個老人投來目光，我朝他頷首微笑，他也對我點了點頭，隨即轉身回裡屋。中年人領我走進一座網室，兩隻毛色黝黑油亮的瘦狗尾隨在後。眼前是一畦畦翠綠的種苗，什麼草花或什麼菜蔬。

如果從學徒做起，大概多久可以自立門戶？動身得有點倉卒，我沒有深究過，問的便也都是粗淺的問題：學徒要做些什麼？工時多長，有支薪嗎？之類的。雖然對方一開始就表明了不找人，還是一一答覆。像要斷了我的念頭似的，送客時他說：「做這行，你可能養不活自己。」我不怕粗活，卻怕養不活自己。

野草參差蔓延，需要一把鋒利的鐮刀。有時候我們去做某件事，不是為了證明自己能，而是為了證明自己不能，苗圃主人的開導，便是將我冒出地表的念頭野草刈去。然而根柢埋伏深處，伺機萌芽。

該何去何從呢接下來？拜訪苗圃是我這趟行程唯一的任務，現在，我沒有什麼非做不可的事情了。

極目遠眺，四圍皆山，我讓群山哄得有點雀躍。站定馬路旁，朝車道伸長手臂，很快地一輛銀色轎跑車停我身旁。車窗搖下，坐副駕駛座的年輕女孩問，要去哪裡？我說，我想上山。女孩回我，可是我們只到觀音瀑布。好啊，那就載我到觀音瀑布吧。

轎跑車往山上開去。駕駛是個爽朗的青年，閒聊幾句，發現我們自同一所高中畢業，他便學長學長地叫著。學長，你做什麼的？青年發問。我在報社工作。追問：所以學長是記者囉？我回：不是，我是編輯。編輯是做什麼的？收稿、改稿、下題、發稿、編版、降版。我不因他不懂編輯流程就敷衍了事。他哇地一聲驚嘆：哇，學長還可以改記者的作文啊。

四月，天氣一日一日熱起來了，我蹲身掬一捧溪水，滌臉、漱口，水質冷冽、清甜，半日奔波得到了緩解。大自然是母親，比我知道我需要什麼。

再度於馬路邊站定，這回停到身前的，是輛麵包車，駕駛也是個年輕男人，一旁初老婦人像爐上一把即將沸騰的水壺。

上了車，男人才問，要去哪裡？我沒告訴他我不知道我要去哪裡，我也沒打算去哪裡。我只是回問，你們要去哪裡？他說，奧萬大。緊接著我鸚鵡學舌，我也要去奧萬大。婦人嘀嘀咕咕地，先是埋怨男人為什麼要停車，又對我發起牢騷。男人沒有搭話，我囁囁嚅嚅似乎表示了歉意，其實什麼話都沒說出口，只任婦人像埋臉一口大甕，反響的是自己的迴聲。

說著說著，婦人往後座遞給我半顆橘子，嘴裡叨念著，幾歲的人了，連自己要去哪裡都不知道。

其實，我一直以為知道自己要去哪裡的。大學讀的是大傳系廣電組，修許多新聞組的課，為的就是進報社。出社會兩年，偶爾發表文章的版面循線找上門，順流而上，也就如願。職場的傾軋從沒少過，委屈也不只有一點點，但是，對人對事，（如今看來是）那麼的熱情那麼的天真。

進報社時將滿二十八歲，同事在這份工作上的資歷，多的是比我年紀還要長的。越一年，二十九歲生日剛過，眼看著就要邁向三十大關。這一分鐘和那一分鐘，這一年和那一年，都只是時間的刻度，能有什麼不同？但以十為名的關卡卻暗示明示地，讓我思索、讓我沉重，彷彿思索與沉重，我就對自己的生命負責了。

我想看看自己還有什麼可能。

可能是一名花農嗎？埔里是台灣花卉產銷重鎮，我上番薯藤搜索，打電話到苗圃。電話裡說不清，乾脆自己跑一趟。當我聽到苗圃主人的建言時，說不清是失望或放下懸著的一顆心。也許我的決心不夠堅定，也許我根本就明白自己做不來，無論如何，我慶幸我來了，這是確認「此路不通」的必由之路。

麵包車往山上開去，抵達奧萬大時已近傍晚，樹林子裡群鴉高鳴。洗漱、更衣，小睡片刻後，天已經大黑。我離開旅店，上山途中開車的男人多次提及，正是賞螢季節，當夜幕初降，就在園區入口左近最是燦爛，要我一定去看看。

那時候，看什麼都美。苗圃主人的直言是實誠，開銀色轎跑車學弟的直率是單純，開麵包車男人的不問來歷是信任，初老婦人遞給我的半顆橘子裡包裹著善意。四月，艾略特筆下殘酷的四月，在我眼中、我的心思裡，溪澗衝擊大石，激起的水花是對話，烏鴉啼叫，蒼穹回響以一聲一聲的嘎嘎，螢火與星芒，他們閃著密碼交換密語。

四月，萬物生長，消亡的化作滋養，爛泥裡有新芽醒轉，蟬在地底埋伏了七年，等著夜色掩護，就要站上枝頭鳴唱。

隔天，用過早餐，我在園區走逛一圈後揹起背包離去，陽光爛漫，空氣焦敝，我躲進自己的投影裡，卻還是薄薄地淌了一身汗。約莫兩刻鐘後，身旁緩緩駛來一輛私家車，我與駕駛交換眼神，確認了他打算載我一程。

是對中年夫婦，妻子未必支持丈夫的決定，不過，她還是遞來了善意的糖醃李子，酸酸甜甜。丈夫大概有意順道載我一路回台北，妻子說，到埔里搭車就很方便了啊。不過，我堅持更早地在霧社下車，他們已經幫了我大忙。

又一次站在馬路旁，接下來該何去何從呢？我。

懷寧

懷寧街七號，現址是一家叫作「新驛」的連鎖小旅館。

標準色如初熟鮮橙，簡潔時尚的設計中帶著點裝可愛，這就是所謂的文創青旅吧？

新世紀開始第二個十年前後，隨著國際旅客劇增，尤其自助旅行的風行，台灣觀光一片榮景，帶動台北老舊旅館的拉皮翻新，即連矗立於重慶南路、漢口街交岔口，門面橫鐫「臺灣商務印書館」幾個漆金顏體，氣象莊嚴的雲五大樓，也湊了這個熱鬧，外牆塗成消光黑，酷酷的，帥帥的，化身為旅館攬客。

然而，隨著政策轉型，加上新冠肺炎在全球掀起不得不的鎖國手段，大疫之年，在氣候最和煦，風聲卻最緊的那些日子裡，我曾於入夜後站對街遠眺雲五大樓，迎面一片死寂，滄桑、寂寥，交通號誌的餘光中，透過窗口隱約還能發現一張張淺色床鋪，硝煙止息，軍隊倉皇敗走後遺下的傷兵醫院似的。

新驛倒是還在。新驛的前身，也是一家旅店，名叫「南國」，南國旅店。

南國是一家灰撲撲的老旅館，無論如何擦拭、洗滌，都無法還它一身光潔。觸目是磕磕碰碰留下各種刮痕的電梯，色澤不均勻的門板，喇叭鎖廉價賊亮，腥紅地毯吸附了各種氣味。像一個個街上隨處可見的人，也不是沒有過拿朝氣妝點人生的念頭，但是發現，光是想過好（甚至不求好，而只是過）每一天都要耗盡氣力，終於倦了懶了，認了，只能勉強維持住日常生活的秩序。

但我喜歡這個地方，喜歡它像一件穿舊了的皮大衣。

那一年，台灣尚未拂去大震的驚恐（要過了很久以後，我才意識到，有些事情一經歷了，就成為生命一部分，是斑點不是灰塵，拂不掉的），又迎來千禧蟲、末日預言的嘈嘈切切。我們，Vincent和另一個Vincent，我們將燈摁熄，毛玻璃窗大敞，聖誕歌曲微細的一炷香似地自樓下便利商店裊裊傳來。

窗口鐵欄杆鏽蝕，花台上枝葉攲斜，窄街的燈光在房間漲起，兩個Vincent彷佛躺夏日傍晚沙灘上，潮水一波波，緩緩地緩緩地湧來，為我們蓋一床被。

大半時間，我們沉默，肢體禮貌碰觸，拘謹地交換體溫，偶爾側過臉去，給對方一個微笑。你住哪裡？做什麼的？為什麼來台灣？都是初識兩個人描繪對方輪廓的基本資訊。他的聲音帶著輕輕的笑意，準備隨時附和我似的。

我問，你聽什麼，聽得這樣津津有味？津津有味啊，嗯，就是，就是聽得那麼享受那麼投入，那麼的興致盎然。

初次見到Vincent，他戴著耳機，在成田飛往台灣的班機上。

登機前，我著意飲了一盅獺祭，果然才剛離地，酒意催化倦意，便深深墜入黑甜之鄉。是遇上了亂流，一陣顛簸才醒來的。眼睛還沒睜開呢，我暗叫該死，睡死了的我一路上竟把頭給枕在鄰座乘客肩上，而他竟也不閃不躲，聲色不動。急忙道歉，苟免哪塞。他摘下一只耳機，微微一笑，回我一句沒關係。我的心一慌，沒話找話說：你聽什麼？

這時候，他遞出一只耳機，見我遲疑著，便塞進我的耳窩裡。一人一只耳機，我們同時聽著同一首歌。刷地我一頭一臉發熱……

開什麼玩笑，這種粉紅泡泡戳了就破、肥皂劇的俗濫情節，當然是我自己編的。事實是，我在夜的新公園遇見他時，心想，在哪裡見過這個人呢？啊，想起來了，前幾日飛台灣的班機上他就坐我斜前方，懷裡一台Sony隨身聽，耳裡塞著耳機，腳底板不時輕輕踩著旋律。一下子我竟有種遇見熟識的錯覺，主動上前攀談。

他叫Vincent，我也叫Vincent，真巧。

你聽什麼呢？我問，聽得這樣興致盎然？興致盎然啊，嗯，就是，就是聽得這樣忘情忘我，這樣的忘乎所以。

低喃著「中文真難啊」的他，起身，拉一張椅子到床前，自項鍊取下墜飾，那是一枚pick，捏在右手指間，左手按和弦，他彈起空氣吉他，隨即扯開喉嚨，禮貌與拘謹都消融在那青春洋溢的歌聲裡。

他說，這是一個街頭起家的兩人搭檔，剛發表的一首叫作「朋友」的歌。

朋友啊，仰頭看看現在的天空，是什麼顏色呢？朋友啊，我們能力所及的事情，其實非常有限。這是一場未知的旅程，在內心動搖、躊躇不前的時候，一回神，總還能發現有個支持的聲音就在身邊……

第二天一早，我還睡著，Vincent便起床整理他的背包，輕手輕腳地。光線稀微，有一瞬間我以為，他就是我，我就是他。

台灣短暫逗留後，他說，旅程並未結束。他將前往中國，接著是印度、中亞……他的腦袋裡有一張世界地圖，扳著指頭一路往西數去。也許三個月，也許半年，也許就像那隻沒有腳的鳥，展翅飛翔，餓了渴了，飲天上雨露，累了倦了，安眠於風中，一輩子在空中飛翔，直到死亡才落地？

背包客、自助旅行，乃至於壯遊，世紀末都還沒進入我的視野，在台灣，也尚未蔚為風潮。那時候，更風行的說法是「流浪」：不要問我從哪裡來，我的故鄉在遠方，為什麼流浪？流浪遠方，流浪——凝固的浪似的沙漠，飄忽不定的風，披披掛掛波西米亞式的裝扮，三毛、齊豫，打磨著我們眺望遠方的眼光。

更盛行的方式是「觀光」，旅行社代辦，團出團進。儘管有各種對於觀光不懷好意的評價，然而，每個人以其自身條件，或闊綽或窮乏，或單槍匹馬或成群結隊，選擇最適宜自己出遊的方式，不該被指指點點。我不對觀光客說三道四，就像我不道德審查旁人的生活。但我也有我的嚮往：一個人，揹起背包，落拓不羈，五湖四海走去，在夢與現實的縫隙有一個容身的角落。

當我看到Vincent的喉頭上下滑動，低呼一聲，將背包自床頭揹上肩頭時，他的形象鍍上薄薄一層金光。

長期苦於生活用度的我卻也沒有忘記，吳爾芙說，一個女人要寫作，除了有自己的房間，還需要一年五百英鎊的收入，她就繼承了姑媽的遺產。我問得直率：你怎麼養活自己？Vincent沒有規避，事實是，他的坦率正表示了他已經審慎盤算過。他說，他沒趕上八〇年代的泡沫經濟，但他學的是財經，九〇年代日本進入平成大蕭條，反倒靠著投資股票積攢了點小錢，網路的崛起，則使他得以突破地域限制，帶來行動的餘裕。

相較於Vincent選擇流動而自由的人生，另一個Vincent，我，對照組似地，過起固著而安定的生活。

「選擇生活，選擇一份工作，選擇一項事業，選擇一個家庭，選擇一部巨他媽的電視機。」這是《猜火車》的經典開場白了，結局會不會也在預料之中：「選擇坐在那張睡椅上，看讓腦子枯槁、腦漿被擠壓得稀巴爛的體育節目，一邊往自己的嘴裡塞他媽的垃圾食物」？社畜，這是後來人們對像我這種大公司裡小職員的定義，不過，這也是很後來的心境了。我成長的年代，對白手起家有信仰，彼時初進職場，真有種赤手空拳打天下的躍躍欲試。現在想來，著實有點天真，也有點兒可愛。

昨日黃花也曾是明日之星，或許就是太順當了，我看著身旁同事以公司為家、以公司為榮，一幹就是三十年，甚至四十年，三十將屆的我，猶豫了。期待看一部未被爆雷的電影，翻開一冊不知結局的小說，開始一場新的旅程，邂逅一個陌生人，展開一段不求明日的關係。我對一眼望穿的人生裹足不前。

臨下南部，Vincent說，他將以墾丁為折返點，回台北時希望能再碰面，也許，如果你沒有其他安排的話，也許可以一起跨年。

就約在信義區市府廣場。人潮擁擠，連影子也無容身之處，蜂巢一般，蟻窩一般，不，什麼比喻都無法取代直說「跨年晚會」所帶來忙碌歡樂、街景壅塞的五感衝擊。

焦點都集中在台北一〇一那幢雨後春筍般節節高昇的摩天大樓，現在它是世界最高建築了。驀地一〇一燈火熄滅，預告了倒數計時。10，9，群眾爆出歡呼，8，7，LED燈在樓面秀出數字，6，5，齊聲倒數，Vincent也放開喉嚨，4，我們朝對方嘶喊，3、2，火樹銀花，燦爛奪目，尋常人生的鏽跡斑斑，在花火映照下，全都珍珠瑪瑙一般熠耀閃爍。

我們倆緊緊擁抱。朋友啊，再見的同時謝謝你，在我們再會之前，朋友啊，我們仰望的天空，一定會無窮無盡地發光發亮。是那個街頭起家、名叫「柚子」兩人搭檔的〈朋友〉：沒有人知道明天的去向，就像風中搖曳的花朵，要相信那天，我們在心中確認的約定……

也許你已經聽出哪裡不對勁了。是的，這也是我自己編造的，事實是，台北一〇一在九九年九月動工，二〇〇四年落成，當年才有了首次的，聚焦全台目光的跨年煙火晚會。我和Vincent，南國旅店一別，各自天涯。然而，浮空投影一般，他偶爾會在我眼前出現，Vincent就是Vincent，他是我渴望的投射。

不記得我是怎麼一腳跨進二十一世紀的了，多半是與一眾朋友在哪家pub喝酒跳舞，當新世紀來臨，我們以死生契闊的承諾深深擁抱了彼此，也許還輕輕啄了一下脣。

我記得的是，一開年，二月，我就離職了，再過一年半，我也揹起我的背包，踏上一個人的旅程。

夢浮島

是幢老公寓，臨街，嘩啦啦拉起鐵捲門，哥哥的大學同學領著我，弓背進屋時差點踩空，地板竟比馬路還要低上一階。眼前一片黝暗，適應後，陰翳中看見一張大圓桌，桌面空蕩蕩的，找不到生活的痕跡。

要再開一道鎖才能登階，大哥同學獨居二樓，他說，你的房間在三樓。說著，遞給我一個臉盆，盆沿披一張抹布。上樓，藉著餘光找到懸在半空中鴿子蛋模樣的開關，電燈一亮，因潮濕與風化，薄薄長了一層粉絮的牆上，幾隻小蟑螂張惶逃竄。

一張書桌，一座通鋪，別無其他。床板積垢發黑，我這才明白為什麼要給我臉盆與抹布。擰了一盆又一盆的髒水，才終於在床板上擦拭出一個可以躺臥、翻身的地方。哥哥叮嚀過，這是同學的親戚家老房子，免費的，先住看看。

要展開新生活了呢，合衣躺下，有點不安，更多的是憧憬，走在闃黑的隧道，跫音響在耳際，有光微微等在遠方。

大學聯招剛放榜，沒考好，哥哥說，上台北試試吧。他更早兩年北上讀書，鼓勵我上來接受文化衝擊，我也躊躇滿志。

哥哥先幫我報名了南陽街的儒林補習班，其他的等上台北再慢慢安頓。

作下決定後才跟父親報告，父親把一切看在眼裡，大概為了我們大主大意，未事先徵詢他的意見而有點不是滋味，冷淡回我，你們都安排好了不是嗎？接著才鄭重交代，你作什麼決定都好，但要能夠為自己負責。父親雖然只有國小畢業，平日務農、做工，但也讀我讀的藝文書籍，散文或小說，因此說出這兩句話，我並不感到違和。

至於母親，還是她最常掛在嘴上，退到幕後的：你們自己決定吧，我什麼都不懂。出門在外，她要我們吃飽穿暖，毋通烏白來給自己惹麻煩。我與哥哥準備出門搭野雞車北上的那個午後，母親走進廳堂，點起三炷香，拜觀世音菩薩，拜列祖列宗，她的眼神憂悒，嘴中念念有詞。天色逐漸轉黯，蝙蝠飛出簷下巢穴，在低空奔進忙出。

北上後，先跟哥哥在永和竹林路租賃的頂加小屋住了兩天，補習班開課前一晚，他才抄了地址，讓我自己搭車到三重，去找他的大學同學。

翌日，課上著上著，身上止不住地發癢。課間躲進廁所，撩起衣服一看，皮膚長滿紅色小疹子，便怪罪起那跡近廢墟的房間，頓時湧起一股委屈。昨晚不是還有點期待嗎？心上配備了各種情緒，蟄伏著，因為觸媒的不同，喚醒相應的那一個，這時候，是無論如何都不想在三重多待上一晚了。

當晚，收拾行李，打算回永和，卻在鐵捲門前才發現，這扇鐵捲門，不只進屋需要鑰匙，即連外出也必須先開鎖，而我把鑰匙留在二樓書桌，通往樓上的門又自動反鎖了。

被困在了一樓，怎麼辦？直覺的反應，並不是靜靜地等著哥哥同學的返家，而是，被圈圍在粉筆畫成的圓圈裡的螞蟻，不知如何越界般的驚惶失措。

該怎麼逃出這個地方呢？

總有個出口吧，警匪片中，警探趕來之前，匪徒中最關鍵的那個總是得以有驚無險地脫身。我四處張望，唯一的機會是廁所通風口，也許我削瘦如一片薄薄的影子的軀體可以穿過窗洞，走防火巷逃生。

一推開窗子，卻見鄰舍一道磚牆堵死到眼前。

透過單薄的磚牆，傳來電視節目的喧譁。漢城奧運前兩天剛開幕，我擠在電器行的電視牆前人群裡，當棲息在聖火台上的和平鴿，讓轟地突如其來的火焰烤成焦炭時，眾人哇地一聲，不約而同都驚訝得張大了嘴巴。台灣也組隊參賽了，這時候，鄰居在看電視轉播吧？

最後的希望是鐵捲門的信口，我寫了張紙條，掀開彈簧片——幫幫我啊，我被反鎖在這裡了，請幫我聯絡我的哥哥，他的電話是……遠遠地走過一個人，我出聲喊他，先生先生。卻發現自己的聲音是嚴重光害下的星芒，稀薄得毫無存在感。

籠裡的小獸般，一陣左衝右突後，終於靜下心來。黑暗中聽見一聲聲嘶啞的吶喊，我曾經問個不休，你何時跟我走？可你總是笑我，一無所有。崔健剛在奧運演唱了〈一無所有〉，透過電視轉播，許多人拿那句「一無所有」自嘲，五音不全地哼著。一無所有，一無所有，唉，這一聲聲的「一無所有」，說的不就是我嗎？

記憶裡，當時社會的氛圍像跑道上滑行的飛機陡地離地、爬升，順利起飛，一無所有並非主旋律。記憶裡，葉啟田搖著擺著身體，〈愛拚才會贏〉在街頭巷尾傳唱。記憶裡，高亢嘹亮的，我知道，我的未來不是夢，我認真地過每一分鐘，我的未來不是夢，我的心跟著希望在動，十八歲的我，也被鼓動得像一面即將出航的帆。

記憶、記憶，信口說著「記憶」。

記憶是什麼？是千面觀音，以各種不同的面貌讓人各取所需。

常常，它表現為一尊雪佛。是哪裡讀來的一則筆記？說，世人好像春日堆砌雪佛般地忙碌著，為它製作金銀珠玉的配飾，為它搭建佛堂佛塔。可是啊，人生於世，就像雪佛一般不斷地從底部融化，卻仍不乏大肆經營、滿心期待的人。

我想到記憶，記憶也像雪佛，終究要崩塌，滅毀，消融於無跡，我卻用我的文字，不知靡費地為它妝點纓絡，為它打造佛龕，為它起建院寺。到最後，雪佛不見了，只剩下文字，文字取代雪佛，成了記憶本身。

我留不住雪佛，能夠掌握的只有自己的文字。

時間與空間則是記憶ＤＮＡ的雙螺旋，回顧往事，我牢牢抓住這兩條線索，便落實了一切。日後我常回到一九八八年九月中旬某一個晚上，地點在三重。三重的哪裡呢？我已無從追索，遂使得它像一座漂浮的島嶼，帶著夢的質地。

那個僅僅只過了一夜的房間，那個哼著一無所有，一無所有卻傻傻相信著我的未來不是夢的我，是我在台北的起點。我抄下父親的話，「你作什麼決定都好，但要能夠為自己負責」當座右銘，從這裡出發，一個房間換過一個房間，彷彿時間火車的一節車廂鍊接著一節車廂，轟轟隆隆地，繼續往前奔去。

輯二

適合仰望的距離

千禧年十月間，我收到一封發自台南的信函，陌生的地址、陌生的寄件者，抽出信札，簡潔地轉達給我一條訊息：「頃接到琦君阿姨來信，告知您的信她已收到，因右髖骨磨損，必須動大手術，待其病癒，再為您回信。」

我曾聽琦君阿姨提過，她每日寫信十餘封，夫婿李唐基先生叨念她，把每天早晨這最好的光陰都拿來寫信了；儘管纏綿病榻，她仍記掛著有信未回，哪怕對方只是像我這樣一個從未謀面的小讀者。一思及此，我倒躊躇了，不知長年與她通信，帶給她的究竟是安慰還是負擔？

小學畢業、升中學的那個暑假，一個熱天午後，蟬鳴唧唧至死方休，倒更襯得一整座三合院有種被棄守了的荒涼，我爬上久無人跡的小閣樓，搬下一疊唱盤、一落紅色塑膠繩綑綁的書本，抹掉積塵、拆開塑膠繩，發現一本本書的蝴蝶頁上都鈐一枚藍墨水方整大印：雲鶴藏書。這是已經離家獨立的七叔叔的藏書章。邊打噴嚏邊翻啊翻地最後我聚焦於一本光啟出版，叫作《煙愁》的小書，一頁一頁看去，文字化為人物化為故事，化為情感化為愛，我沉迷於一個溫暖、抒情而不失諧趣的世界。

開學後，課堂上讀到〈下雨天，真好〉，唉啊，那個慈眉善目的母親不正就是我的母親的剪影，溫州那座人事謬葛的四合院也有我和美的這座三合院的影子，我便給琦君寫了封信，寄到九歌出版社。

寫信給課本上的作家，似乎也不需要什麼鼓起勇氣之類的暖身或起跑式，自然是初生之犢不知畏怯，也因為自懂事起我便見識了，遠遠地從鄰村「狗屎仔」春生堂中醫診所與扶桑花夾道現身的，那個一身綠的人，能為當鄰長的爺爺送來《中央日報》，為堂姊送來筆友的信件、郵購的《愛情青紅燈》，他能把世界送到我們小小的竹圍仔，自然也能把小小的我自竹圍仔送出去。

不久後收到回音，寫在薄如荔枝果肉上白膜的信紙上，微微透著光，裝在中華副刊的中式信封裡，後來才知道，當時華副主編正是九歌創辦人蔡文甫先生。琦君曾於舊式私塾扎扎實實練過書法，寫得一手好字，時有草書變體，常常不易辨認，據說過去華副有人專責識別琦君的手稿。在這第一封信裡，她覆述了我的問題：你說我的年紀比你的媽媽大而比你的奶奶小，不知道該怎麼稱呼，我想你就叫我阿姨吧，許多小讀者都這樣叫我。那一年我讀國中一年級，一九八三，就這樣一來一往地，我這個小讀者與琦君阿姨當起了「筆友」，前後近二十年。

住竹圍仔好鄉下的我，每天清晨踩單車到位於鎮上的和美國中上學，會經過鬧區一座圓環，圓環旁有兩家書店都是學校裡老師開的。

一家叫環球書局，老闆梳油頭，有一雙脣紅齒白孿生子與我同一屆；環球書局主要賣文具與教科書，每於午後日頭西照時店門口會撐開日遮，整家店便籠在金色光暈裡，井然有序、不染一塵，反倒讓人多少有些不自在。另一家叫學友書局，老闆是公民老師，很慈祥藹和沒脾氣的一個人，女兒也就讀於和美國中，和其他老師的子女不相同的是，讀的是放牛班；她的個頭不大，有股野性，很有人當她是個小太妹，但如今回想，一切都只不過是長度和亮度的問題——她的裙子短了點、衣服合身些，短袖袖口還要再往上摺一摺，而她的嘴上塗了唇蜜，眼光晶亮不畏懼與人對望。

學友書局窄而深，略有點昏暗，沿牆有一書架又一書架的爾雅、九歌與洪範，少年時代讀起書來有種天真與狂熱，手上一有了錢一有了時間，便往裡頭鑽。一埋首課外書，儘管能力分班啦體罰啦聯考啦貧窮啦青春的躁動啦，都逼在眉睫，日子仍有夢的質地，未來啊未來我還無法描摹未來的輪廓，但一片光暈等在前方，朦朦朧朧的憧憬與希望。

琦君勤於寫作、出書頻繁，接觸過後，透過出版社的書訊，她的新書一上市，差不多總是上架第一天我便購下，等待下一本書的空檔，就回過頭去讀她的舊作。九歌新書可以得知她的旅美近況，一些清新親切的生活小品，爾雅散文七種，則是她懷舊憶舊代表作。我對琦君的作品一度如數家珍，日本不是有個綜藝節目叫《電視冠軍秀》嗎，我曾打趣，若以琦君為主題，肯定可以上場較勁。那時候到書局還有個「任務」，我將她的書自架上取下，趁旁人不注意，一一放到平台醒目處，店員應該很傷腦筋吧，但我瀏覽著熟悉的封面，卻感到滿足。這個舉止一做不知多少年，是我有了自己的書後，也不曾為自己做過的事。

上大學後，與琦君阿姨一度斷了聯繫，直至退役才恢復通信，當時我打算北上覓職，琦君阿姨得知後，熱切地向我推薦了爾雅。

琦君阿姨的信，偶爾會發發牢騷，說哪個出版社的選書標準有點偏，那個誰的作風又有些奇怪，雲淡風輕草草數語，更凸顯了她的率真。但她對隱地先生從來都只有讚美，她要我給隱地先生寄上履歷，「隱地是位很愛才的文化工作者，你誠誠懇懇的信，可以作他的參考。」她教我怎麼寫這份履歷，態度慷慨，兼且慈愛：「你信中可以說說你對文藝工作之熱中，平日的愛好、閱讀方向等，你也可以稍稍提到他出版的好書，和他方向之正確，使他了解，你不只是一個求職者。」人情練達地她又說：「我去信時，不便先提，免他以為我有偏見，或有意推薦，反造成相反效果。」

不過，我初出社會，想試試自己的能耐，自己投履歷、面試，很快進了《陶藝》季刊擔任美術編輯（那還是照相製版的年代），旋即轉任文編，琦君阿姨得知後並未介懷，不久後仍將我引薦給隱地先生。

因為琦君阿姨的引薦，我有機會校對新版《煙愁》，並為這本書寫校後記，進而陰錯陽差地，親炙她的幽默。

評點琦君為人為文的人和文章很多，林海音說她一生兒愛好是天然，思果說她落花一片天上來，亮軒說她有流不盡的菩薩泉，溫柔敦厚、文如其人，哀而不傷、怨而不誹，都中肯，卻沒人提過她的幽默，即連我寫信跟她說，您的散文有幽默的況味，她都回我：「我幽默嗎？」幽默也許不是琦君散文的主旋律，卻並不缺席。

琦君說過，若她寫自傳，首章肯定要題為「泥地上的紫娃娃」，因她出生後，父親滯外不返，母親歸罪於她，大冷天裡將她棄之於地，哭成了個紫娃娃，母親的妯娌見狀，趕忙將她拾起，從此帶在身邊，她就是琦君筆下菩薩化身的大媽；琦君出生於一九一七年，時局板蕩，一九四九來台，本是北伐名將家裡的官小姐，淪落至住處窄仄到做飯都只能在走道上，沒有餐桌書桌，只好於浴盆上架一張木板權充。面對身世的崎嶇、時代的捉弄，沒有一點幽默感，怎麼能把日子好好過下去？

愛可以是救贖，卻也可能為愛自縛，唯有幽默，才是解藥——琦君婚後，住公共浴室改建的宿舍，水龍頭年久失修滴滴答答，梅雨季裡地板與牆面反潮，她戲稱自己住在水晶宮裡，「水晶宮裡醉千杯，也勝似神仙儔侶」，你看，琦君也有她自我解嘲的一面呢；常出現在她的散文裡的，還有四川夫婿與浙江妻子，加上台灣女傭，因為鄉音無改與急慢迥異的個性所造成的笑料，幾幾乎就是現成的相聲段子，熱鬧得很、逗趣得很。

又比如，琦君乃浙江大詞人夏承燾的得意弟子，著有《詞人之舟》介紹詞家、賞析作品，但她並未拘泥於古典，梁實秋譯成莎翁全集，琦君填詞相贈，呼應梁實秋餘暇好摸八圈，她以「雙龍抱」、「清一色」等麻將術語入詞，誰說她只有一顆多愁善感的心？「舊時代的根柢，新時代的洗禮」，才打磨出豐富多彩的琦君文學世界。

一九九八年，爾雅打算推出《煙愁》新版本，琦君建議讓我寫個校後記附在書末，隱地先生說，你試試，有話就多說一點，沒話就少說一點。敬謹地交稿後，爾雅隨即發排付梓，書印出來了，我才發現這可怎麼辦我把李唐基先生寫成唐先生了。弄錯長輩的姓氏不是小事，趕緊寫信到新澤西告罪。

很快收到琦君阿姨的回信，和過去一樣信寫得很長，直至信末她才施施然提起：「新版《煙愁》由隱地寄來一本，謝謝你代為細細校閱，並附你的感想文章，我一直要給你寫信而無時間。我們可說是文章知己，你的文章使我非常感動，有你這篇文章附在書中，也可更增強讀者對此書的信心了。你寫錯了李為唐字，沒有關係的，許多人都喊他唐先生，因為他的名字很容易使人弄錯，好在唐朝就姓李，他並不吃虧啊。一笑。隱地說他會改正，你不要過意不去了。」李唐天下，幽默地化解了我的不安。

一般讀者都是先讀到作家文章才去注意作家行誼，但是，我卻是先領略了琦君的幽默，才回過頭看重她文章裡的這個特質。

新世紀，〇二年六月底，我收到鼓鼓的一張信封裡裝了兩封信，一封寫於三月二十六日，A4信紙滿滿兩面，卻在第一行「盛弘如握：」底，空白處加了一行「要重寫此信，不對」，因此有了第二封信寫於六月二十四日，同樣A4大小兩面都寫滿了，啟首是：「一直頭暈，加風濕，人像半條命，一直記掛要發你信，又恍恍惚惚以為已回你信了，今天理抽屜，才發現信寫了並未發，大概是因為太辭不達意，故沒有寄，但無論如何還是寫信吧，重寫也是一樣的亂七八糟的字體啊！」自從千禧年台南的陌生朋友給我轉來琦君手術的消息後，我怕打擾了她，已刻意減少通信頻率，這一回，思前想後，為了免她負擔，下定決心就此中斷吧。

這是我們當了前後二十年筆友，我所收到她最後的一封信。

在這最後的一封信裡，琦君阿姨說：「你是我年輕的至交，我非常重視我們的友情。」並在「我非常重視我們的友情」幾個字旁畫線表示重點。

兩年後，琦君阿姨自新澤西返台，定居於淡水，九月中旬在台北復興南路三民大樓舉辦見面會。〇二年琦君回台時，曾問我要不要到亞太會館與她一聚，當時我沒有現身，但這一次，一得知消息，一向與文學活動刻意保持點距離的我熱切地趕了過去。

　　這是我第一回看到琦君阿姨呢。她全程都沒有發言，坐輪椅上，身體孱弱，精神疲累，端賴李唐基先生打點一切。會後大夥兒拍照，許多人湊過去跟她打招呼，她被簇擁在讀者之中，我站遠處靜靜地看著。我安於當她的一名小小的仰望者，隔著大洋隔著光陰，隔著文字隔著人群，能夠這樣遠遠地凝視她像遠遠地凝視夜空中一顆明亮的星星，這是最好的距離，我感到十分滿足。

　　正準備悄悄離開時，黛嫚姊發現了，喊我過去。李唐基先生精神矍鑠，很高興地握了我的手，「王盛弘啊，終於見到你了，真好真好。」我傻傻地問他怎麼知道我，李先生爽朗地說：「我當然知道你啊。」

　　琦君阿姨也一眼認出了我，顫巍巍地要自輪椅上站起身來，我趨前，她伸出雙手緊緊包覆住我的雙手，好像過去二十年我寄給她的每一封信都像一塊拼圖，她已經正確無誤地拼成了我的完整形象——然而，這只是我的想像，事實是，她的眼中有一脈溫柔的純真與疑惑，嘴裡喃喃念著，「王盛弘啊」，她在腦海裡尋思，「王盛弘啊」。我知道，她只是覆述旁人的話，她已經不記得我了。

琦君的信

寫給琦君阿姨的第一封信，在一九八三年，我讀國中一年級時。

《琦君寄小讀者》起首便說：「你稱我婆婆，又稱我阿姨，是因為你覺得以我的年齡應當稱我婆婆奶奶，但看我的文章，卻又像二、三十歲的人，你這話樂得我飄飄然，比得什麼文藝大獎章還開心。你就叫我婆婆阿姨好啦！我的小朋友和年輕朋友非常多，對我的稱呼都憑他們的感覺，這樣才自然呀。」

而我記得，她給我的第一封回信，也說了類似的話：你說我比你的母親年紀大而比你的祖母年輕，你不知道該怎麼稱呼我，我想你就叫我阿姨吧，許多小讀者也都這樣稱呼我。——我的這封信已不知庋藏何處，因此，這段話究竟是琦君的回信或書上讀來的？竟不敢確定了。

或許，我就是她的小讀者吧。

01

寫於一九八七年十一月廿四日，
航空信箋，一又三分之一頁。

手邊找得到琦君最早給我的信，寫於一九八七，信中提及發表於《聯合文學》月刊的中篇小說為《橘子紅了》，篇前並有題記〈關於「橘子紅了」〉。

盛弘讀友：

十月八日的信由九歌出版社轉來已一周餘了，因為我實在太忙，稿約與自己新書出版的事，加上家務與朋友來往，每天忙得轉不過氣，最近外子治療牙週病動手術，天天得照顧他，我自己胃痛加上頸骨酸，照了X光，脖子上套了海綿圈，寫字看書都很不方便，所以遲回信了。

我的「紅紗燈」一書在三民書局出版，南部書店可能買不到，「髻」一文就在「紅紗燈」書中，你如要買，可託台北朋友代買，應在重慶南路一段61號，郵撥九九九八號，你要先去信問他們定價才好匯錢。

在三民還有「琦君小品」「讀書與生活」，都沒絕版，只是他們銷得不廣，不像爾雅、九歌、洪範，全省都有銷。另外，開明有一本「百合羹」，商務有一本「繕校室八小時」，書店都在台北，書不發中南部，所以你買不到。我在「純文學」出版社有「琦君說童年」「琦君寄小讀者」與「詞人之舟」，不知你看到過沒有？

你建議我將自己一生的故事寫成一個長篇，真謝謝你，我的許多朋友都為此勸我，但我因要稿的人太多，只好一篇篇寫成短文零賣了，而且我又太忙，無時間寫長篇。但我仍想寫。在聯合文學月刊上，六月份有我一篇三萬五千字的小說，你大概沒看到，此文將轉載在讀者文摘上。

你高三功課忙，健康要多多注意。

匆匆即祝　好

琦君　11／24夜

02

寫於一九九五年十一月十二日，兩頁，附傳真機影印《世界日報》一九九五年十月十三日剪報一份：〈琦君在華府訴說寫作的心路歷程　作家協會會員們皆同感受益良多〉，年深日久，字跡已經褪了顏色。

大學時曾與琦君通過寥寥幾次信，松鼠儲糧最終不知所蹤地，找不到了。直至一九九五年閏八月前夕退伍，回彰化，參加誠品主辦「看不見的書店——打造夢想書店」徵文，以〈叫作「琦君」的書店〉入選，連同另一篇與琦君相關短文〈聽見雨滴打在瓦背上〉，兩份剪報一起給琦君寄上，才恢復通信。

〈叫作「琦君」的書店〉作者署名「小島」，一九九五年八月廿四日見刊於《聯合報．讀書人專刊》，如今讀來，憨態可掬的小粉絲形象十分天真：

夢想有一家書店，店名就叫作「琦君」，進入書店，就像進入琦君的豐富心靈。作家的三十餘本著作是店內的主軸，環繞這些著作的是書中世界的具體呈現：手稿、信函、書法、相片、紀念物、剪報、各家評介，以及《琦君讀書》中所提及的數十本書，方便讀者閱讀參照。書店最好有個小小的院子，種幾叢茉莉、數株紅桔，和一片桂樹。這裡也賣飲料，不，不是卡布奇諾、不是藍山或伯朗，而是由水晶碟子盛著兩顆紫紅楊梅、冰鎮的百合羹、鬆軟馨香的桂花糕等素樸的小點心，把江南風土也延攬來助美。

盛弘：

收到你十月十八日信（由九歌轉來）和剪報印本「打造夢想書店」、「聽見雨滴打在瓦背上」，真是使我好感動、好感動。你的信我一讀再讀，好像我們已是多年老友了。你的照片透出無比的純真與靈秀之氣，你真是位可愛的青年，真正的讀書人。

我近日原為風濕所苦，讀你信，病都好了一大半，精神的鼓舞是多麼重要。

你說暫時尚未找到工作，寄出去的履歷，不知已有回音否，至念！據我所知，爾雅出版社時常需要認真工作的助手，不知道近來如何？你何妨也寄張履歷去試試。你可以好好寫封信，自我介紹一下你的興趣、理想，隱地是位很愛才的文化工作者，你誠誠懇懇的信，可以作他的參考，即使一時沒有適當位置，以後需要時，他也會想到你的。

你信中可以說說你對文藝工作之熱中，平日的愛好，閱讀書籍方向等等，你也可稍稍提到他出版的好書，和他方向之正確，使他了解，你不只是一個求職者，希望有一天他能請你去幫忙，一定會使雙方都很愉快的。我去信時不便先提，免他以為我有偏見，或有意推薦，反而造成相反效果。你試試看好嗎？爾雅地址是中正區一〇七四六廈門街一一三巷三三號之一。因趕郵差來的時間，先寫到這裡，盼保持聯繫，字太潦草，你看得清楚吧！

即祝　文安

琦君　95. 11. 12.

你寄履歷後告訴我，我俟機再去信給隱地，較有效果。

徵稿

主辦／讀書人、誠品閱讀　協辦／誠品書店

一個公開徵求夢書店的活動，一場創意秀，放射你想力的磁場，讓我們「看見」你夢想中的書店。

(其他徵文轉四十二版)

〈看不見的書店〉

打造夢想書店

創意表現：文字、圖像、攝影、模型、錄音帶皆可。
收稿地址：北市敦化南路一段二四九號，誠品書店。

叫作「琦君」的書店

■小島

夢想有一家書店，店名就叫作「琦君」，進入書店，就像進入琦君的豐富的心靈。作家的三十餘本著作是店內的主軸，環繞這些著作的是書中世界的另一類呈現：手稿、信函、書法、相片、紀念物、剪報、各家評介；以及〈琦君讀書〉中所提及的數十本書，可方便讀者閱讀參照。書店最好有個小小的院子，種幾叢茉莉、數株紅桔，和一片桂樹；這裡也賣飲食，不，不是卡布奇諾、不是藍山或是伯朗，而是由水晶碟子盛著兩顆紫紅的楊梅、冰鎮的百合羹、鬆軟馨香的桂花糕等等素樸誠懇的小點心，把江南風土也延攬來助美。

圖／楊婉君

旅行的書店

■陳樹海

整座書局剛剛從埃及回來，書和書架上泛著一層黃沙，店員們或多或少身上都纏著白紗布，是種新的美容方式，炎熱或乾燥的氣息，和逛這家書店的客人總在抱怨沒有冷氣，可是他們汗流浹背的卻絲毫沒有離開的意思，繞道荷蘭買的花卉全變成乾燥花，一串串垂死的美感，店長買頭駱駝，栓在服務台旁（本來栓在收銀台邊，書屋開在香港銅鑼灣時牠吃掉客人的港幣，所以……），廁所改成法老王的陵墓，陰森森的味道；上回是座旋轉的風車，比較明亮。

「小島」是王盛弘初習寫作，發表短文時偶爾使用的「筆名」。

03

郵戳一九九五年十一月廿四日，卡片、照片各一張。

琦君常用「萬萬分」形容感動，又一個勁兒地對人稱讚，實覺謬愛，如今讀來更有幾分赧然，為了存真，只能保留；阿拉伯數字也悉數保留；標點符號，書寫清晰者沿用，模糊者則另下。

盛弘仁弟：

十三日寄你回信，希望已收到。你的誠懇，使我萬萬分的感動。希望由於你的鼓舞，我能不因老邁而放下筆。你的照片，我一直放在案頭，親切有如見面，你的聰明智慧也從笑容神情中體會得出，我也附寄一張照片，請留念。

祝　新年如意

琦君

84.11.

琦君坐書桌前，桌面有翻開的書，右手持筆，左手邊置文件匣裝滿信件，她一天要寫上十封信；琦君身後貼一張「聞雞起舞」水墨畫，公雞勁瘦、俊美，器宇軒昂。

04

郵戳一九九五年十二月十八日，
卡片兩張，附水印版畫一張。

退伍後我回台北找工作，琦君力薦我到爾雅，但我想試試自己的能耐，很快地進《陶藝》雜誌擔任文字編輯。

盛弘：

收到你可愛的賀卡，非常喜歡，真謝謝你。我屋子裡小椅上靜靜地坐著一個小熊，跟你寄的卡片上的一模一樣，好巧啊！你已在陶藝雜誌社工作，一定會給你發揮才能構想的機會，我很為你高興，我不會向隱地提的，一切由你自己進行，你的精神令我很欣賞，青年人能如此，真是值得讚美。你說得對，聖誕比新年輕鬆，歲末年終，心理上有點負擔。輔大校風很好，我以前也曾去參觀過，許多朋友都是輔大畢業的。我的母校是之江大學，也是教會學校，可是校友們太少聯繫，很可惜。我的字不成形，請多多原諒，你的字寫得真好，此卡一定好好保存以留紀念

祝 新年好

琦君

95.12.

盛弘：

大陸手工藝品，寄你留念。

祝 新年如意

琦君

84.12.

巴掌大的水印版畫上，兩朵菊花，一盛開一含苞，兩隻蝴蝶駐足花上，奼紫嫣紅，洋溢俗世的祝福。

The artwork on the front of this card was created by Alice, a student at The Hope School. Alice has severe cognitive disabilities, a seizure disorder and cerebral palsy. She was self-abusive and posed a danger to her infant sister. She has since discovered how to control her behavior and to work constructively. She also enjoys creating artwork. Her stencil painting "Dove" reflects this simple joy.
the Hope school
50 Hazel Lane, Springfield, IL 62716-0001 (217)786-3350

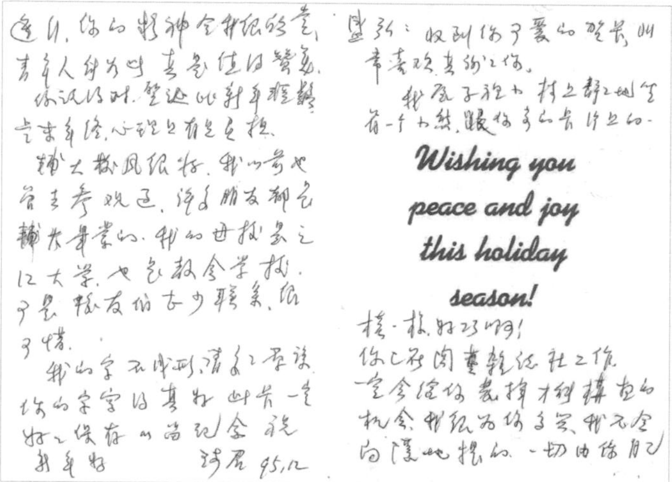
Wishing you peace and joy this holiday season!

琦君與王盛弘通信，雙方皆「禮尚往來」，若一方寄上照片，另一方也常回以照片，若一方寄上卡片，另一方便也挑一張卡片回覆。

05

郵戳一九九六年一月廿九日，信兩頁，信中提及剪春一幅，下一封信才寄到。

《陶藝》雜誌於南投水里蛇窯舉辦工作坊，我以工作人員的身分前往，適逢梅花盛開，事後與琦君分享，引起她的談興。

琦君的作品，散文、小說或詞，皆頻繁提及梅花，〈下雨天，真好〉的童年場景為人所樂道，卻氤氤暈暈、朦朦朧朧地，以遙憶在杭州讀中學時的「梅花知己」作結。小說〈梅花的蹤跡〉以〈菩薩蠻〉揭開篇章：「冰霜未盡先嬌媚，芳菲欲動偏迴避。原不識春愁，負他月一鉤。縞衣邀共折，素袍應同惜，猶有最高枝，何妨出手遲。」偶有年紀稍長才投入寫作，擔心起步太晚的人，我總拿「猶有最高枝，何妨出手遲」為彼此打氣。

學者陳建隆有論文談「琦君的梅花意象」，結語：「琦君由梅花的稟性、特質、形貌特點，賦予它更深更廣的意義。不只是單純的寫物寫景，同時也把自己對於故鄉、父母、朋友的情感鎔鑄其中，並且隱含著深厚民族意識，如同知己般的對待梅花，正似闡明自己為人處事的人生觀，也是其個性、文學作品的縮影；進而由『有限』的梅花物像，轉而賦予其不同的生命，使之產生『無限』的深刻涵義。」

盛弘：

收到你1／11日信已很久了，由於雙膝與右股風濕痛，夜不能安睡，遲覆為歉。上週去中國城針灸，已好多了，否則不能看書、寫信、寫稿，將成文盲了。

你的文章已細讀了，很欣賞，意義很深，邊讀邊體味，我們旅居異國，都是緊緊握住母土的人，而不是失根的蘭花。

你到南投水里看梅花，一定有很多領悟。梅花真美，她不僅是霜雪中的傲骨，她的美是含蓄的、永恆的，我曾寫過梅花的文章，在大陸故鄉時，梅花是我最好的朋友，至今想起，又神往又悵惘。古人有兩句詩，「春柳池塘明媚處，梅花霜雪更精神」，可見任何花木沒有梅花的孤高。

你的字寫得真好，一看就是練過的，我很慚愧，字愈寫愈亂了，心急、事忙，

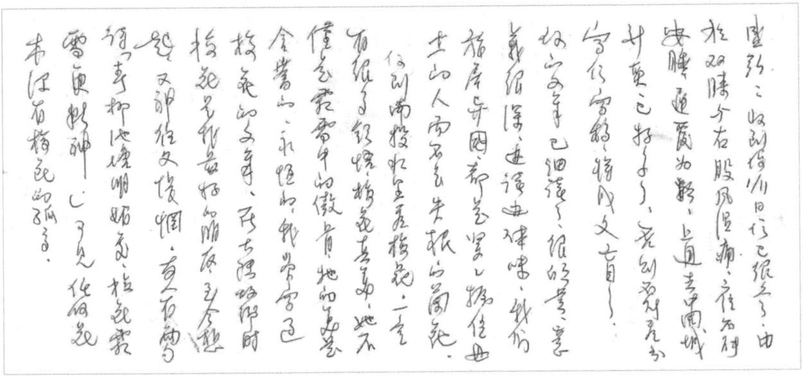

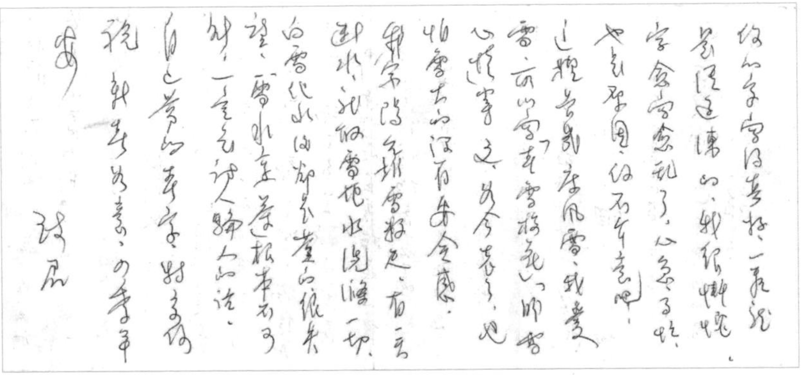

一九七七年，琦君偕同夫婿旅居美國，一九八〇年返台，八三年再度赴美，直到二〇〇四年才回台定居。人在他鄉，琦君說：「我們旅居異國，都是緊緊握住母土的人，而不是失根的蘭花。」

也是原因，你不介意吧！

這裡曾幾度風雪，我愛雪，所以寫「春雪梅花」「盼雪心情」等文，如今老了，也怕雪大得沒有安全感。我家陽台堆雪數尺，有一天斷水，我取雪化水洗滌一切，白雪化水後卻是黃的，很失望，「雪水烹茶」根本不可能，一定是詩人騙人的話。自己剪的春字，轉寄你。

祝　新春如意，四季平安

琦君

06

寫於一九九六年二月十八日，卡片一張，剪春一幅。

盛弘：

收到元／30日信，知你近況，你得了文學獎，是散文還是小說，可以寄我印本一讀嗎？談了一場不太快樂的戀愛，現在又如何呢？是否轉快樂了？還是要重來過，可以告訴我嗎？

你這位朋友真有愛心，捐獻錢給慈善機構，為人樂觀，你們可以相互切磋勉勵，學問、心境都會有大大的進步。你喉嚨要注意，不要再受寒，我也咳，咳了四個月了，好不了，心煩極了。我沒你運氣好，出一身汗就會好。夜裡咳醒很不舒服，只好服止咳藥水，好難喝啊！又有麻醉性，生怕會變「癡呆症」，所以儘量少服藥。

祝 春安

很喜歡你的卡片 **琦君** 85.2.18.

琦君小名「小春」,「春」是四季之首，新生的祝福。

07

寫於一九九六年四月二十八日，信件遍尋不著，只餘信封上註記了寫信日期。

08

寫於一九九六年六月廿八日，整整四頁，信裡有兩字無法辨認，根據收信當時註記，或指周作人？

琦君對爾雅隱地先生、九歌陳素芳女士、洪範葉步榮先生都稱讚不已，並交代了純文學出版社結束營業後，她於該社出版的書的新歸宿。

純文學出版社於一九六八年由林海音先生創辦，開啟七〇年代文人辦出版社的先聲，一九七五年姚宜瑛的大地、同年隱地的爾雅、隔年楊牧等人的洪範、一九七八年蔡文甫的九歌相繼成立。純文學於一九九五年十二月結束營業。

盛弘：

收到你六月三日眉清目秀的信，真是高興極了。我不是不喜歡電腦打字的信，而是因為自己不會這新式科技，因而由羨慕而轉為拒絕，真是可笑又可悲。

我先生有一架電腦，卻又是他姪女在辦公室撿爛貨撿來的，根本不能用。擺在我臥室，看了叫人生氣（此中原由說來話長，以後再續）。現在他也不碰了，且說要買最新的，卻又不買，總之，我仍用我的手與筆。我的字如狗爬，你能看清楚就好，我寫字比打字快，寫英文也比用打字機快，所以我是個自信不依賴機器的人，一笑！幸已退休，否則一定被開除無疑。

恭喜你再提筆寫文章，希望能持續。你說從植物本身發揮以外，更從契合生活與內心出發，一定更精彩。我不懂蒔花種菜的園藝，但愛每一株小草，家中擺滿撿收進來的小幼苗，看他們一天天長大，碧綠的嫩芽似對我微笑、說話，每一株小生命都有他生存的權利啊！植物以外，我也愛憐爬蟲等小生命，看見小小螞蟻，我一定用報紙包了放出去，絕不殺一粒螞蟻或昆蟲，把他們放到戶外，他們就會自己活下去的。

我也以此勸告小朋友們，千萬不要殺害生靈，慈悲之念，不一定是佛教思想。

這是一點將心比心的仁心啊！詩人說「莫道群生性命微，一般骨肉一般皮，勸君莫打枝頭鳥，兒在巢中忘母歸」，你想，怎麼忍心殺害他們呢？你寫的文章發表後盼交我分享，我已久不寫了，因為身體不好，風濕困人，家務又忙，訪客不斷，也有點支持不住了（加上喉頭敏感）。太穠麗的字句並不頂好，你說得對，〇人的文章原極〇深，但後來悟出「奸窮變怪得，往往趨平淡」，他後來也平淡了，「淡有淡的味」，你說得對。楊牧文章你能深深體悟，真是一樂。

值得告訴你的是，爾雅可能計畫出版我的散文英譯本，都是以前筆會上各家所譯，可惜的是十二篇讀者文摘的不能用，因為他們有版權，而且是摘譯的，也不能用。他們還鼓勵我自己譯一二篇，我對英文雖有興趣而荒疏太久，重新起步很吃力，但也願試試，可以重溫。好在譯得不好可以不用，至少我自己可以練習呀！

純文學停止營業後，「詞人之舟」由爾雅出，我再加入五篇新的，由八篇增為十三篇，早已出版，很受愛舊詞者喜歡，另一本「說童年」由三民重出，「寄小讀者」由九歌出，都已有了「歸宿」，我也放心了。

你的工作一定有自己的理想，可以好好發展，有什麼心得或感想，希望時時告訴我，記得我曾想為你介紹爾雅，隱地是位極有眼光極尊重人才的好文藝工作者，他不同於其他只看營利的書商、老板。這次他出我散文英譯也是他的想法，覺得有點意義，我怕他賠錢，他說賠錢也值得，因為是有意義的。

他對共同工作的同事非常禮遇，都是用人之所長，使他們自由發展，你當時不願我向他推薦，我明白你的意思，只好不提了。九歌的陳素芳小姐也是我知己，好極了，書交她我很放心，但九歌的風格與爾雅不同。洪範呢？主持人葉步榮先生也極好，大家都以誠相交，我毫無怨尤，下次再談。

祝　萬事順心

琦君　96.6.28.

09

寫於一九九六年九月十九日，
信一頁，信中「他可多考慮留他那兒幫忙」或為「你可多考慮留他那兒幫忙」之誤。

盛弘：

很久沒有通信了，近況如何？至念。

工作順心否？

我曾函爾雅負責人隱地介紹過你，他來電話問你地址，不知你們有面談過否？彼此印象如何？希告。

今天收到正中書局副總編輯的信，他也想找一位得力、熱心之士幫忙，你如對爾雅印象好，就在他那兒幫忙，如不想去，也可試試正中。

爾雅是我老友，人極好，如他找你談過，他可多考慮留他那兒幫忙。

等發信，字不成形，

即祝

好

琦君

96.
9.
19.

10

寫於一九九六年九月三十日，短信一頁。

曾讀過琦君為小她一輩的作家作序，提及，青年寫作者寫信給她，往往很快地便要她幫忙作序推薦，字裡行間表達了不解與不滿。

年輕時，我曾給許多作家寫過信，不論長輩或同儕，為的都只是表達對某篇作品的喜愛，一如我在記敘與琦君通信多年的文章所下題目：「適合仰望的距離」——「我安於當她的一名小小的仰望者，隔著大洋隔著光陰，隔著文字隔著人群，能夠這樣遠遠地凝視她像遠遠地凝視夜空中一顆明亮的星星，這是最好的距離」——我愛這樣的，不攙雜世俗功利之心的距離，以維持關係的無菌狀態。

之所以奉上習作〈生命的微笑〉，肇因於琦君曾兩度主動要我寄上文章，這篇文章如今讀來，真是矯揉造作極了，「一生兒愛好是天然」的琦君不會喜歡，並不意外，但她反應如此強烈，或也因為聯想起那些為了索序而與她通信的青年寫作者吧？然而，我剛以這篇文章獲梁實秋文學獎，肯定興高采烈，既無視於自己的不足，復未考量對方的文學偏好，急著與她分享，就貿然付郵了。

琦君讀書，自有她不肯輕縱的標準，曾作〈變則通乎〉貶多於褒地細細剖析《家變》的文字運用，「並作歪詩二首以誌其盛」，其二：「不奇不變不名家，變到窮時路也斜。寄語授教（教授）慎下筆，門牆桃李免池差（差池）。」

盛弘：

8／30信收到。

近因雙膝風濕痛，夜不能安枕，精神極為困頓，眼壓又高，什麼事都不能做，人老了真是不行啊！

你的文章，我未能細讀，讀完一遍，不大懂，不知是我精神不能集中，還是你們年輕人的寫法不同。

散文請勿寄來，我沒有眼力看，醫生勸我多保養也。

匆此　即祝　文安

琦君 96.9.30.

你的信是8／30寫的，何以我在四天前才收到？

11

寫於一九九六年十月二十日，
航空信箋一大一小頁，在這封信裡，琦君說她一天要寫上十封信。

琦君一片赤忱，積極為我與爾雅建立聯繫渠道，我雖未到爾雅任職，但常校對爾雅叢書。

盛弘：

來信已收到，知道你已與爾雅負責人隱地見過面，談得很愉快，但你考慮之下，暫時不能去，他也來信將你信轉來，你那信寫得很誠懇，他不會怪你的，他已請好一位小姐幫忙。你的工作由你自己興趣決定，但與隱地先生友誼希望能長久維持。他是位有識見，又誠懇的文士，沒有商場習氣，你逢年過節要給他寄張賀卡表示對他的敬意，畢竟他是出版界前輩了，我與他數十年友情如一日，你要珍惜我為你推薦的這份心情。你目前工作也未見得永久，職場如戰場，是非常現實的，你要步步為營。我之所以誠意介紹你，也是有我的看法的，他並未怪你，一切都靠緣，你自己好自為之。我太忙，風濕也困人，字不成形（每天要寫十封以上的信），請原諒。有空盼常聯繫，你不是一般只顧現實的青年，我很重視你。

匆匆祝好　明年回台或可見面

琦君

10.20.

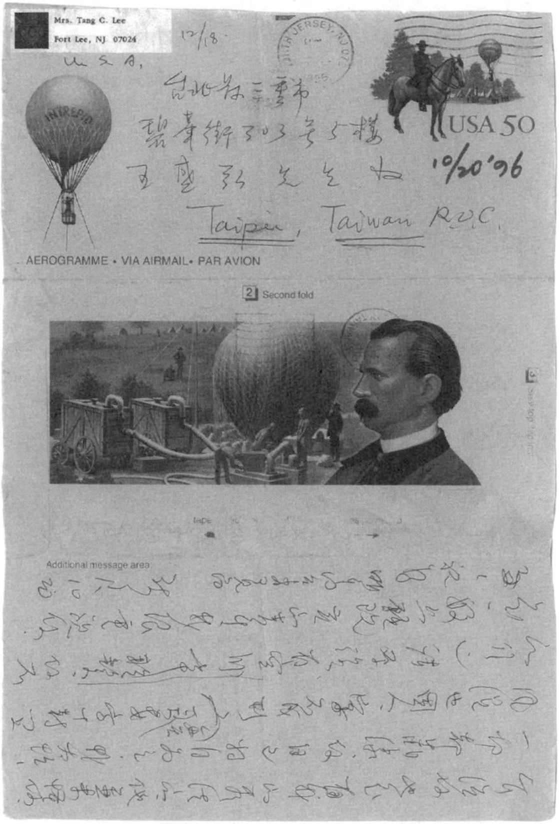

收到琦君的信，王盛弘便在信封上註記寫信日期。此為琦君常用航空信箋。

12

寫於一九九七年四月廿六日，
航空信箋一又三分之一頁。

九七年農曆年後，我辭掉了工作，琦君以其自身經驗勸誡我：「你要認清，工作是一回事，自己志趣是一回事，要分開，否則你會很失望。」

一九四一年，琦君自之江大學中文系畢業後，任教於上海匯中女中；一九四三年返鄉，任教於永嘉縣中（今溫州二中）；一九四五年，抗戰勝利回杭州，任教於之江大學，兼任浙江高院圖書管理員，而後轉入蘇州法院擔任機要祕書。一九四九年，隨國民政府來台，擔任高檢處四等書記官，之後轉任司法行政部編審科長，一九六九年自法院退休。

琦君在司法界服務長達廿六年，〈佛心與詩心〉裡，秦推事訓勉她：「你也許覺得瑣碎的記錄工作，與你所喜愛的文學格格不入吧！」「你千萬不要氣餒，更不必考慮改行的問題。

就你在文學方面的領會，與你現在的工作正可以相輔相成。因為日光之下無奇事，你們面對的人生問題，正是我們法官面對的人生問題。從種種糾結的分析中，可以產生不少小說題材。」琦君的短篇小說集《繕校室八小時》即由此生發，是她少有的社會寫實色彩濃厚的作品。

盛弘：

接三月卅一日來信多日了，因風濕困人，加上朋友來得多，忙了很多天，今天才回你信。你對工作的興趣非常重視，所以不能滿意你所找的工作，但我不能不勸你，在今日的任何機關，絕沒有你理想的工作的，即使是你自己經營的事業，也得對現實有所將就，你要認清，工作是一回事，自己志趣是一回事，要分開，否則你會很失望。工作是為了生活，在安定生活中再就自己興趣求發展，千萬不要任性，換多了工作，你會失去信心，別人對你的觀感也會不好。

謀一份工作不容易，你千萬要培養多方面興趣，對不喜歡的工作也會發現興趣的，我當年寄身在上海，為謀生作過打字員，在台灣，在法院當過紀錄書記官，全與我興趣不合，但我都做了，也學習到很多，有了很多領悟與興趣，這就是人生啊！朋友們各忙各的，生日都淡了，我們在此，二老也無人為我們的生日關心，但我們自得其樂，反倒多多照顧他們。朋友中，得意時忘記我們，失意時找我們幫忙，我都盡可能協助。台灣亂象繁生，實在令人灰心，我們不是不愛國，不是不關心國家，可是有什麼辦法呢？

我一切都好，九歌仍在出我新書，不知你有否注意到，我是以不變應萬變，因為真理是永不變的，我的書仍有很多讀者，可以證明。

琦君　4／26

琦君手繪小貓咪，楚楚可憐。收在九歌出版《鞋子告狀：琦君寄小讀者》。

13

寫於一九九七年七月二十，
航空信箋一頁。

我寄給琦君一張明信片，長方形的畫面是一座英式花園，我一一標示了什麼花什麼草。

盛弘：

接到你美麗的卡片，非常高興

謝謝你告訴我每一種花名，對著一園的奼紫艷紅，我恍如也進入茂盛的花園了。非常欣羨你擁有如此美的花園的心願。

我因為風濕痛，夜不安枕，日間精神不振，久已不寫文章了，諸愛好文學的青年朋友們，請代我向他們致意。

匆匆即祝　文安

琦君

97.
7.
20.

14

寫於一九九七年八月十四日，
航空信箋一又三分之一頁。

琦君長期苦於風濕，自忖為「多年住低濕房子所致」。〈水晶宮的懷戀〉一文，她回憶初抵台灣，婚後，先是租了個六張榻榻米大的屋子，三個月後，改寄住友人家中，又三個月，配給到機關宿舍，「那是大廈底層的一間浴室。磁磚地上因還潮冒著汗珠，走在上面如履薄冰」。夫婿李唐基先生說：「地上冒汗珠，龍頭滴水，這不是螺絲殼，這是美麗的水晶宮嘛。」翌年七夕，結婚周年，琦君填詞〈鵲橋仙〉以為紀念，題記：「卅九年七夕結婚，四十年遷住機關宿舍。蝸居潮濕，壁間龍頭，滴水涓涓。戲名其室曰水晶宮，因賦此闋寄意。」「金風玉露，一年容易，心事共君細訴。米鹽瑣事費思量，已諳得人情幾許。半歲三遷，蝸廬四疊，此際酸辛無數。水晶宮裡醉千杯，也勝似神仙儔侶。」

琦君風濕，或為此時種下的遠因。

盛弘：

你好！

收到你淡雅的卡片，真感到無限親切，朋友即使好久不通信，但心靈是永遠相通的，你的關心，給我很大的鼓舞。

我雖八病九痛，但閱讀寫作興趣仍高，「老」是無可逃避的，只有忘掉「老」。除了風濕痛，其他都還好，至少腦子尚未老化，希望永不要老化，風濕是老毛病，多年住低濕房子所致（在台時），可見「住」與「食」最重要，你們年輕人多注意，失去健康，無可補救。

在「人間版」上小文你看到了，只是還個小文債，他們四五年來一直寄副刊，不好不寫點表示謝意。我寄去兩小篇，另一篇不知已刊出否。兩篇都未收到，他們太忙了。還有欠皇冠一篇，他們也長年贈閱，很不好意思，但看看該刊內容，很難隨便而寫，但也不得不寫一篇，現正想寫一篇人物回憶，總要維持自己的風格與寫作原則呀。主編與平先生都對我很好的。再談

祝　文安

琦君

97.
8.
14.

15

寫於一九九八年二月十日，信大小兩張共四頁。

《煙愁》即將推出新版本，隱地先生找我校對，並要我寫校後記附書末，後來我交出了〈留得芳菲住〉。

《煙愁》初由光啟出版社於一九六三年八月印行；一九七五年書評書目接手發第三版；一九八一年三月，書評書目結束營業，爾雅接棒，連印四刷，該年九月重新排版，為新五版。三版小記，琦君取龔自珍〈減字木蘭花．人天無據〉中的「枝上花開又十年」作題，慨嘆「芳菲留不住」。我因此將一九九八年的新版本《煙愁》校後記題為「留得芳菲住」。校後記中，我誤寫李唐基先生為「唐先生」，書出版了才發現筆誤，急寫信到紐澤西請罪，琦君回我：「你寫錯了李為唐字，沒有關係的，許多人都喊他唐先生，因為他的名字很容易使人弄錯，好在唐朝就姓李，他並不吃虧呀。」這是與琦君通信，我印象最深刻的一段話。

盛弘仁弟：

收到你元月十日信已很久了，由於風濕困人，這些日子都在求醫治療中，進步很少，心情也不太好。舊曆新年中，親友來得又多，忙得不可開交，書報都少看了，寫文章更不說了。

你對寫作有執著的興趣，能鍥而不捨地寫，一定會有深深領悟和進步的，報刊主編有很多人事的牽制，所以刊出來的不一定都是好文章（我個人的看法），你只須自己慢慢地寫，多讀書，多看好文章，多體會人生，自有進步。你的作品隱地一時不能為你出書，一定有他的困難，出版社也真不容易，要維持一定的水準，又要有一定的出版量，有時雖費盡心思也仍兩面不討好。我很想再回爾雅出書，但一直沒有合適的作品，九歌出我書已成了習慣，我也不好突然又回到爾雅，現在很想再寫一本自己交代得過的給爾雅，可是年紀大了，有點力不從心。在此表面是已退休的優閒歲月，其實忙得好苦，親朋多，讀者、文友多，時間由不得自己支配。一天天飛逝而過，心裡好著急。

你說怕自己走得太快或太慢，我想，慢不會錯，你前面的路長得很，有的是時間，一定會出人頭地的，我給你打氣。

你現在阿盛老師班上上課，一定有所收穫，我如在台灣，也很想到處去旁聽呢！當年我在中大中文系教文學寫作時，常常請許多文友來演講，學生們獲益至多，至今他們常來信，很懷念當年的聽課好日子，我的教書真正是教學相長，絕不閉門造車，自以為了不起的。

台灣亂象我很清楚，真是感慨萬萬千。青少年不能得到父母的全心關懷，沒有好老師的指導，不免徬徨，在上位的大官員只有私心為自己，哪有一點對社會大眾的關懷？我真是好痛心，你身在台灣，目睹一切，當然更痛心。我不是勸你獨善其身，許多無可奈何的事，也只好不去想他，安心讀書、寫作吧！

新版煙愁由隱地寄來一本，謝謝你代為細細校閱，並附你的感想文章，我一直要給你寫信而無時間，我們可說是文章知己，你的文章使我非常感動，有你這篇文章附在書中，也可更增加讀者對此書的信心了。你寫錯了李為唐字，沒有關係的，許多人都喊他唐先生，因為他的名字很容易使人弄錯，好在唐朝就姓李，他並不吃虧呀。一笑。隱地說會改正，你不要過意不去了。

你這張卡片真可愛，我會永遠保存的，兩個可愛的小孩正顯示一片赤子之心。你上阿盛老師的寫作班，有何心得盼隨時多多見告，也可作我的參考。有特別值得介紹的講義，可否摘要寄我一點，但千萬不要增加你的負擔，我是很想多學學的。

隱地是位很誠懇的出版家，他很賞識你，他來信也訴苦，說每天忙著退稿、回信，精神壓力很大，幸他寫文章很快，也是一種寄託。

我一直想再寫而無力。最近由九歌代為整理出了新書，你有空就看看，給我批評。

匆匆即祝　文安

你的字寫得實在好，我很喜歡，青年人如你的字太少了，我性急，字不成形。

琦君 98. 2. 10.

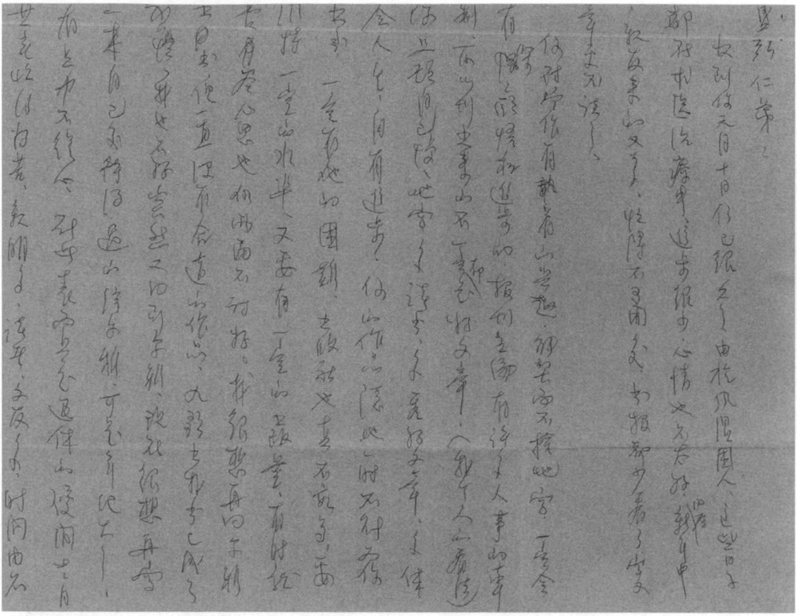

墨[illegible]仁弟：
收到你元月十日信已很久了，由於风湿困人，这些日子
都很少提笔，连[illegible]心情也不太好。[illegible]中
[illegible]发表的文章，[illegible]，[illegible]看了些文
章[illegible]谈谈。
你对写作有执着的兴趣，[illegible]，一定会
有[illegible]的，[illegible]有许多人事的
制[illegible]你所列出来的不是好文章。（我个人的看法）
你[illegible]自己[illegible]，此字[illegible]，文章[illegible]好文章，[illegible]体
会人生，自有进步。你的作品[illegible]不[illegible]
出来，一定有[illegible]的困难，[illegible]
用情一定要[illegible]，又要有一定的[illegible]，有时[illegible]
[illegible]思想[illegible]，我[illegible]再[illegible]
[illegible]一直[illegible]合[illegible]作品，[illegible]
[illegible]
一本自己[illegible]
有[illegible]不[illegible]
世[illegible]

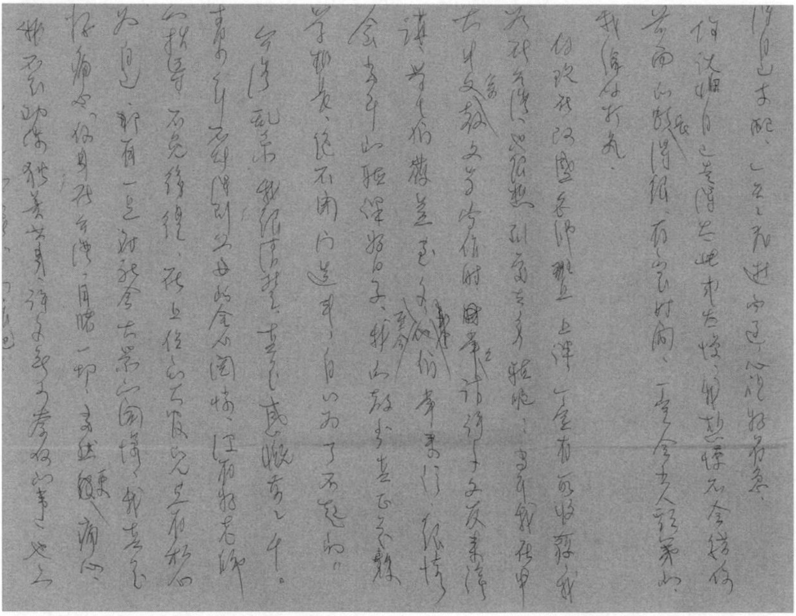

[illegible]，[illegible]心[illegible]。
你[illegible]自己[illegible]不会[illegible]你
[illegible]，有[illegible]时间，一定会[illegible]人[illegible]
我[illegible]。
你[illegible]上[illegible]一定有[illegible]
[illegible]
[illegible]文[illegible]你[illegible]
[illegible]
会[illegible]
[illegible]，[illegible]不[illegible]自[illegible]了不[illegible]。
[illegible]
[illegible]母[illegible]情，[illegible]老师
[illegible]不免[illegible]，[illegible]
[illegible]自[illegible]，有一[illegible]
[illegible]
[illegible]

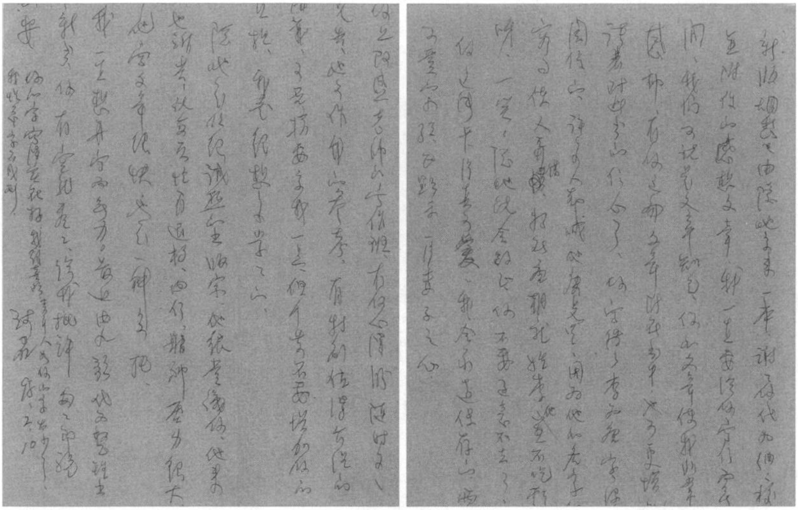

寫在藍色紙上的信，琦君鼓勵王盛弘：「你前面的路長得很，有的是時間，一定會出人頭地的，我給你打氣。」

16

寫於一九九八年五月廿九日，信四頁。

一九九七年離開《陶藝》雜誌後，我先任職於館前路的高點公司，後來《陶藝》雜誌總編輯自立門戶，找我回去編他創刊的《燄》雜誌，一九九八年，聯合報來邀，先後編了繽紛版、文化版、消費版，自該年農曆年後，至千禧年農曆年前，共兩年。這期間曲折，我大概沒對琦君提起過。

〈廈門街的涼風午後〉則為我發表在華副的文章，記錄了我首度拜訪隱地先生的細節。二〇〇二年，《2002／隱地》出版前我任校對，為這本書寫序〈應該感謝誰〉，有更全面的描述，發表於當年七月號《幼獅文藝》：

這幾年我常到廈門街，多半中午時分，柯先生還正忙著；無論多忙，他總儘快將手頭的工作告一段落，試著把一張大桌子整理得眉清目明；爾雅叢書五百多種，一本本都曾在這張桌子上伸肢展臂，做過健康檢查，才能夠面世。柯先生說過，一生倒有半生，在跟一張桌子奮鬥。將近三十年，桌面還能維持住旁人能夠理解的秩序，靠的是自律。

大多時候是柯先生要付我校對費，並找我吃頓飯；他將新書交給我，任我翻閱瀏覽，看拿在手上的是哪一本，他會隨口品評兩句，雖是自家的產出，他並不偏袒、不護短，若是衷心喜歡，則大加讚賞。

這些書都剛出版而還未上架，他早將版稅、新書奉給作者，連校對費也在第一時間處理清楚；柯先生說，這都是他任《純文學》月刊助編時向林先生學來的。

專業技能的學習是工作上的需要，不得不爾；為人處世的養成，卻須多一份心才能有所成，是難得而得；受益的作家群，要感謝的是林先生的樹立典範？還是柯先生的發揚光大？我為爾雅校的第一本書是琦君阿姨的《煙愁》，校對費拿到手上，緊張，那比我預期的多太多，有點兒為難地我問，柯先生，這數目會不會太大？他沒多說什麼，做了個「拿去吧，這是你該得的」的手勢。出手慷慨已經不容易，沒有半點兒「恃財而驕」更難，何況我是一介小輩。

鼎公說：「爾雅的主持人也是作家，在他那裡出書，你始終是和作家打交道，也是和朋友打交道，氣氛很好，極可信賴。有些出版社的作風教人受不了，先由作家出面約稿，合同簽訂之後，那個作家不見了，以後你就一直和商人打交道，甚至以後你要一直和空氣打交道。」我看了猛點頭。五分鐘、十分鐘過去，柯先生說，走吧，今天我們到百鄉，他們有新菜色，波蘭牛肉飯。柯先生腦裡有一張美食地圖，每次中午吃飯前先踅一遍挑好地點，心裡篤定得很。

也不一定是松江路巷子裡的百鄉，或者是麗水街的夢見地中海（／我吃過他們的招牌飯／綠色花椰菜和白色花椰菜對話／加一層金黃色的起士／簡簡單單的調理／讓我日夜思念），或者是重慶南路上的月牙泉（／是一家異國風情餐廳／如果登上二樓彷彿坐在樹的枝椏間用餐／聽著法文歌曲／紅酒燴牛肉變成音樂節拍），或者是拱門……這一家家餐館，柯先生都是老主顧。

我們走到巷口搭計程車，一路上，他與司機議論時局、評價社會現狀。他對人，包括晚輩和陌生人，都一貫的親切儒雅，對政經萬狀則幾乎是慷慨陳辭，其中的熱切、熱情、熱血，讓坐在一旁的我萎縮成一頭囁嚅的小獸。

不管到哪家餐館，柯先生都能和老闆甚至侍應生說上幾句。同百鄉老闆娘聊行旅見聞，東歐的深沉、南歐的明朗，三兩句交換，會心不遠；同夢見地中海的某小姐談成立詩歌鋪的理想，後來先有了一牆小詩屋……聽著他們對話，讓吃慣速食的我走入時間歧路，回到舊時光，表舅公的柑仔店前的夜聚一般，可這裡卻是二十一世紀的大都會。

也不只是吃慣了的老餐館，柯先生也愛嘗新。一個下午我去訪他，他說，待會兒我們喝杯咖啡去，咖啡癮也像菸癮，戒都戒不掉。又說，汀州路上開了家小咖啡館，這幾天早上上班經過看見，小小巧巧的，很精緻的感覺，我們去試一試。柯先生領我走到咖啡館外，才發現還沒開張，我們在落地窗前張望，一個不注意，我的前額往玻璃上一撞，發出碰的一聲巨響。當時，柯先生忙要我自己多揉一揉；事後，他笑說，真的是被美撞了一下。

一會兒後，我們在羅斯福路上一家家庭式麵包店落了座，特調黑咖啡、剛出爐的餅乾和綿密細緻的homemade鮮奶酪，吃得柯先生不住稱讚，大感滿足，離去時頻頻對店家說，還會再來！還會再來！

柯先生說，大約是小時候餓怕了，現在喜歡吃得飽飽的。

我從旁觀看，總覺得柯先生對餐館的堅持，正是他對人生的堅持；對餐館的品味，正是他的人生品味；對餐館的態度，正是他的人生態度。以小喻大，一以貫之。

他講究口味，一如對美的追求。個人身上，注重儀表，曾說，生病時不喜歡人來探望，因為不願讓人看到他的萎頓，一如他不喜歡買切花，精神抖擻固然漂亮，迅速凋零，總是令人難堪；對整個社會，則發出「再沒有邋遢的本錢了」的諍言；這一套生活美學用到爾雅，則是多出詩集，等他自己也加入詩人行列，就出得更勤了。

他懷舊念舊，常提起武昌街的明星咖啡館，像懷念一個老朋友；餐館一吃十數年，就怕哪天造訪突然換了門面，朋友一交數十年，卻是愈陳愈香。念舊懷舊的同時，並不拒斥新潮流新風尚，嘗新雖然常失望，新朋友卻一個個交，後生晚輩、三教九流，都能當朋友；爾雅方面，同時出版老作家傳記，為大時代造像，也提拔新人，不論名氣，只憑本事。

柯先生常在言談和文章中提及身邊的人事物，語多感激，尤其對鼎公，五〇年代，他在文壇初露頭角，時任《徵信新聞報》副刊主編的鼎公常向他約稿，請他吃飯，柯先生說：「我早年幾頓至今回憶起來猶有美味留在齒香的好飯，幾乎全是鼎公請的。」我飲食一向隨意，這幾年吃過的一些特色館子，則幾乎都是尾隨柯先生去的，我所應該感謝的，究竟是鼎公的樹立典範？還是柯先生的發揚光大？

盛弘仁弟：

收到你5／16日信，知道你已找到安定工作，為你高興，經驗是從工作中累積的，以你的智慧、誠懇，及苦學精神，一定會日新又新，開拓出一片天地的。祝你一切順利。

隱地極愛才，他最了解你的才能，可惜一時沒有合適的工作，你也能諒解的。

我因雙膝雙肩風濕痛，什麼事都不能做，老病之身，不知如何度此餘生也。

你要找房子，這是很重要的事，四樓頂屋居然會淹水，奇哉。

住處、生活很重要，否則會影響心情與工作，還要注意安全、防小偷、與辦公之處不可離太遠，種種都要考慮。

你用電腦打字寫信，眉清目秀，我看了真高興，我的狗爬字盼你看得清。我不會電腦，性子又急，每日信件也多，所以愈寫愈不成形，請耐心的看。

有靈感時，還是多寫寫文章吧！

你在華副上「廈門街的涼風午後」一文，我已欣賞了，寫得很好。華副以前一直給我寄，現在忽然不寄了，也因我不寫文章之故。主編們是很現實的，你此文是好友劉小民特為我寄來的，他影印給我，將原剪報寄隱地，她真是有心人。

我已不記得那篇寫鳥的文章了。我的「永是有情人」一書，不知你看到否（九歌出的）。

匆祝　文安

琦君　5／29

17

寫於一九九八年八月十四日，信兩頁。

《永是有情人》為琦君最後一冊全新創作，一九九八年二月九歌出版，琦君以〈大媽媽敬祝您在天堂裡生日快樂〉代序自揭身世，在她筆下那個菩薩心腸的大媽，原來是她的伯母。

琦君的生母臨終，將她和她的哥哥兩人託孤給嫂嫂，便是她筆下的大媽。回憶童年一景，小琦君想了半天，說：「『我現在知道了，您是比我媽媽還要大的媽媽，我就喊您大媽媽吧。』這個『大』在我心中是偉大的意思，只是我當時還不會說。」

一九九七年十一月十日琦君給陳素芳的信中，也提起此事：「我在所有書中所寫的父母，其實就是天高地厚之恩的伯父母。我一歲喪父、四歲喪母，是由伯母撫育長大的，伯父娶了姨太太，伯母帶我住在故鄉，她含辛茹苦，撫養我長大，伯父因無子，又娶姨太太，（我親哥哥也於十三歲去世了），妹妹乃三姨太太所生，給我母親吃不盡的苦。」

盛弘仁弟：

八月一日信已收到，欣悉你工作已穩定，長官對你印象好，你以後就可心安了。有時間與靈感，再慢慢開始寫文章吧。你的散文集，隱地既肯接受，你就放心了，隱地是很有眼光，也很重義氣的人，我一直非常感激他、想念他，請代我向他問好。

文學書市場的蕭條是意中事，像隱地這樣的出版家是很少有的，你也不必為擔心他會賠錢而心中不安。何況不一定會賠錢，人有時會時來運轉的，我為你祝福。

在出版前後，你仍當多寫文章見報，造成讀者較深刻印象，此之謂「打書」，這總比歌星打歌高尚多了，一笑！

我因年紀大了，靈感有點枯竭，想寫文章也有心無力，在九歌的這本書，是九歌主動將我散見各報的短文（兩年多來的）整理剪貼，我也無不出的自由，當然也很感謝他們的美意。至於寫長篇小說，只是曾和友人們隨便說說而已，沒想到報上竟宣傳我已在寫長篇了，真叫我不好意思，也有點發慌呢！

你在爾雅人寫的「留得芳菲在」，使我很感動，要全賴你們年輕人多多鼓勵啊。

即祝　文安

琦君
98.8.14.

留得芳菲住

王盛弘

國一升國二那年暑假，有天我在返校的路上，與迎面而來的摩托車撞上了，醒過來時，我的頭部包紮著紗布，膝蓋用石膏固定著，去那兒都不方便，村裡的朋友們，大大小小，來探望的不少，但幾日熱鬧後，終究歸於沈寂。那年夏天的雨水好像特別多，滴滴答答的，白天大人都出門了，我只能坐在門檻後看著雨水掛在窗櫺上，孩子的清鼻涕一般，偶爾有幾隻麻雀在院埕起起落落，也能引起我的一陣歡喜。

有一天，我在家中閒晃，找不到什麼新鮮事，終於決定爬上荒廢已久的小閣樓，那裡原本是堂姐的睡鋪，堂姐「出閣」後，

· 269 ·

一九九八年，爾雅推出新版《煙愁》，請王盛弘校對並寫小記，王盛弘交出〈留得芳菲住〉附在書末。

18 寫於一九九八年十二月廿一日，一頁。

一九九八年，《桃花盛開》獲國藝會六萬元出版補助，爾雅於十月出版，是我的第一本散文集，上一封信，琦君教我「打書」之道。

盛弘：

書剛剛收到，書名喜氣洋溢，春節中一定可以賣得好，數文甚長，尚未讀（眼痛），倒是先讀了「陌生的朋友」，對你的文章，我是有信心的。

風濕痛很苦，老病之身，一切都慢了，書要慢慢選些篇章看。

隱地為你出書，他是出版家中有眼光的。你應更多多努力。

書上並未寫上我名字，只蓋了章，何能表示是贈我的呢？一笑！

匆匆祝　筆健

琦君

98.12.21.

19

寫於一九九九年五月十六日，信兩頁，信寄到聯合報，所屬單位為綜藝新聞中心，大概我字寫得潦草她難以辨認，「綜藝新聞中心」六字她裁我的手寫字，以膠帶貼信封地址欄。

盛弘仁弟：

很久沒有通信了，時常會想起。

但因疏懶與多病，很少給朋友們寫信，以免為朋友增加困擾。

昨天忽然收到你寄來一對可愛的幼兒鞋，和一張誠懇的卡片，真使我感動萬分。

謝謝你的這番誠意，不知何以為報。

能在報刊上拜讀你文章，就是我們心靈上的最好交流了。我覺得你的筆愈來愈新愈健，我則愈來愈舊愈弱，但願千萬不要有「代溝」就好！

再一次謝謝你的惠贈童鞋。好可愛啊！

我會函託九歌代寄你一本「永是有情人」，是去年出版的，請批評。

即祝　文安

琦君

88.5.16.

非常抱歉，你信封上有幾個字我不能確定，只好剪下貼在信封上，希望你能收到，老了，一切都反應遲鈍。

寫於一九九九年五月廿三日，二頁，寫在六百字稿紙背面。

20

一九九九年元月二日，「台灣文學經典三十」揭曉，白先勇《台北人》等散文、新詩、戲劇、小說、評論各領域著作三十冊獲選。散文類書單為：梁實秋《雅舍小品》、陳之藩《劍河倒影》、楊牧《搜索者》、王鼎鈞《開放的人生》、陳冠學《田園之秋》、琦君《煙愁》與簡媜《女兒紅》。

這是聯合副刊受文建會委託所辦活動，先由王德威、向陽、李瑞騰、何寄澎、彭小妍、鍾明德、蘇偉貞等學者、創作者組成的七人小組草擬推薦名單共一百五十三本，再委由九十一位現代文學學者專家複選，每人從初選書單中勾選三十本著作，並可增列推薦書目，回收統計票數，選出五十四本書晉入決選。

書單公布後，引起廣泛討論，台灣文學館資料平台稱：消息一公布，受到許多文學團體或雜誌的抨擊，如民進黨部稱：「這項活動已挑起文學界重大爭議，擴大社會裂痕，也傷害了長年為台灣文學努力的作家的感情。」甚至香港媒體指出：「看來此事已非單純的文學事件，進而成為社會事件或政治事件了。」

另外，作品、作者斷代標準，以及張愛玲是否為台灣作家也是爭議焦點，一九九八年十二月四日，《聯合報．文化版》披露評選流程：

針對「台灣文學」在作者、作品及時間斷代上的定義，聯副主任陳義芝表示，評選以二〇年代新文學運動啟萌為起點，因此吳濁流、呂赫若等日據時代知名作家，昔日以日文發表但後來翻譯成中文的代表作品，都在推薦名單內；其中特別的是，中研院院士張光直的父親張我軍，是鼓吹新文學運動的健將，他的詩集「亂都之戀」，直接以中文寫作。

另在作者方面，作家張愛玲雖是從大陸經港到美國定居，但是她的作品在台灣完整出版，對台灣部分中生代作家的影響力甚大，甚至形成「張派」寫作風格，因此張愛玲的代表作「半生緣」獲得推薦；至於梁實秋的名作「雅舍小品」，雖是在大陸完成，卻是在台灣出版，所以也獲推薦。

盛弘仁弟：

收到你寄來一對可愛的童鞋，即當速覆，希望已收到。當時是照你封套上寄聯合報你辦公室的，但外子已將封套丟棄，找不到了，所以此信只好寄你家中地址，希望你能收到。你的卡片上說選台灣文學經典30時，你正在文化版的編輯台上，剛好為此活動的風風雨雨作一見證。

說起「烟愁」一書，真使我滿心充滿了愁，這種的「榮譽」我實在受之有愧，我實在不願有此苦惱的困擾，我是一向只顧寫，不求名、不求利的人，忽然來這一下子，使我不知如何是好。

越洋電話來訪問，叫我說感想時，我茫然不知所答，因為實在太意外了，一本「陳年書」，何能當經典之榮譽？我知道，怎能使多少年來熱心寫作、著作等身的人心服呢？連我自己也無地自容呢。我的心情，你應當了解的。數十年來，我只是為排遣愁懷而寫，自知毫無成就，也談不上進步，現在忽來一個「經典」，我越發無地自容，也可想像多少人會怎麼個想法呢？你所說的風風雨雨，可以見告一二嗎？我身在海外，一無所知，對我說一下，也好使我如何自省啊！聽說你在中副上有長文，我因尚未續訂中央報，剛剛錯過了，可以寄一份剪報給我欣賞一下嗎？

字不成形，性子又急，近年來為風濕所苦，一個字不寫了，此信希望你原諒，也極盼惠覆，告知當時風風雨雨的真相。

匆匆即祝　文安

琦君　啟　88.5.23.

切盼　惠覆為感

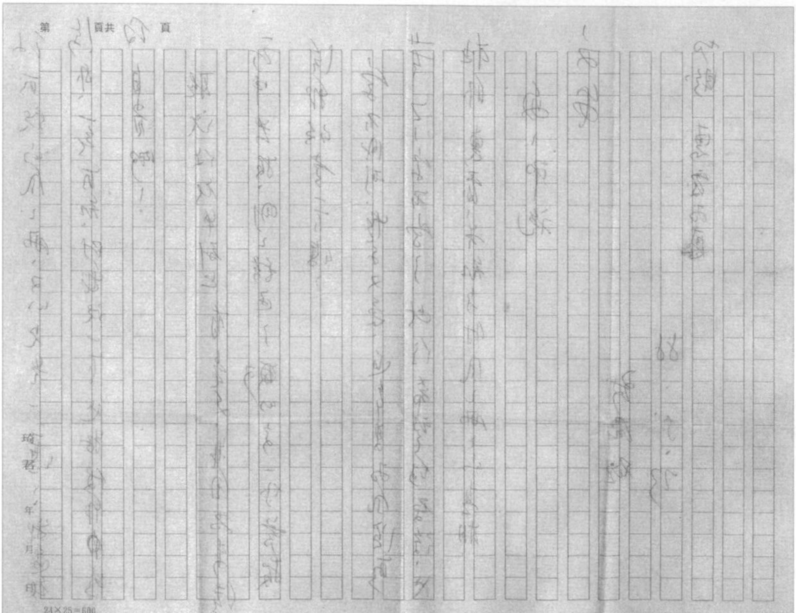

印有「琦君」的稿紙，又薄又輕，琦君翻面寫信，力透紙背。

21

寫於一九九九年十二月廿九日，耶誕卡片，寫滿三頁。

盛弘仁弟：

祝新春如意，靈感如泉！

接到你的賀卡，從心底感到無限的溫暖，尤其是在這天寒歲暮的異國。我說歲暮，當然指的是農曆年，二月初五才是年初一啊。

好長一段時日，我們沒有通信了。實在是因為被風濕所苦，到今天仍是步履困難，扶著拐杖勉強走幾步，坐在家中不敢外出，深怕跌跤。我因為在九月裡跌跤以後，左邊坐骨幸已痊癒，而右邊因太疲勞犯了風濕。「老」太可怕，但我仍須鼓起勇氣撐下去，希望你們年輕人多多鼓勵。

你說打算寫有關我幽默的文章評介，我很感動也很意外，我有幽默感嗎？還有，大家都注意我的散文，而我自己很愛小說，好幾本小說無人提起，最近居然有好友想將我的「橘子紅了」譯成英文呢！你知道了也一定為我高興吧。

歪歪倒倒的字，你看得清嗎？

盼時常聯絡。台灣的天災人禍，使我們擔心又感慨，怎麼人心會變得如此？天心又何以如此不仁呢？我有個收音機，可以收聽台灣消息，好難過啊！大選前夕，看見政府人物之真面目，怎麼辦呢？

你的閱讀習慣轉為自然科學，而且很有興趣，真為你高興，暫丟開不堪聞問的人情世態和醜陋的政治人物，研究自然科學，倒是另有一片天空，為你高興！

琦君 99.12.29.

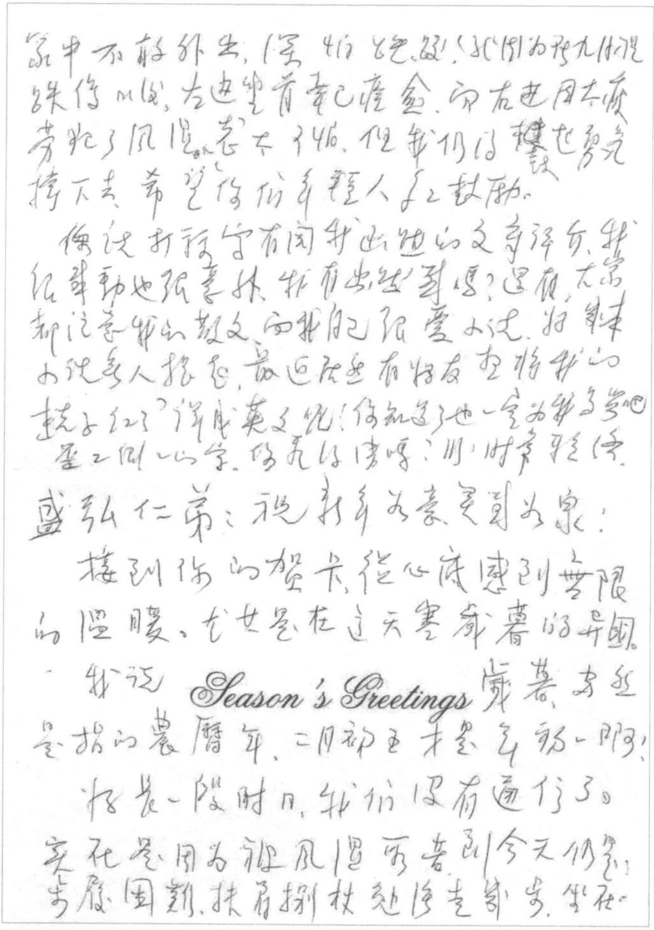

琦君散文風靡華語文學讀者，相對而言，小說較不被看重，琦君為自己的小說遭「冷落」而抱不平。

台湾的天灾人祸，使我们担心又难忧。这么人心会变得这样，天公又何以如此不仁呢！我有个海外收音机，可以收听台湾消息，好难过啊！不过前文更见政府人物之真面目，怎么办呢？
你在阅读有关情形的自然科学而且很有兴趣，真为你高兴。智者闻不好问问的人请去接触那丑陋的政治人物，研究自然科学，你总算有一个天堂，为你高兴！ 阿君 99 12

22

寫於二〇〇〇年元月十八日，信一頁。

盛弘仁弟：

收到你1／5日的卡片，非常感謝你的關注。

由於被風濕所苦，夜不安枕，遲了好幾天才回你，深感抱歉。

雖然老病，幸讀書的興趣不減，寫作卻完全停頓了！

隱地是我們終生最知己的好友，他的熱忱、誠懇無人可比。他對你一直極為賞識，你現在為白先勇的「台北人」任校對工作，從中一定更有領悟與進步，希望不久能再讀你自己的文章，此即對隱地之報答也。

如健康情形有進步，我希望今年能回台與老朋友們見面暢聚。

今天在世界副刊上看到林海音的照片，精神很好，感到很高興，你見過她吧？

此祝

新春萬事順適

琦君 2000.1.18

23

寫於二〇〇〇年七月八日，
信兩頁，空白「貓咪卡」一張。

琦君來信，頻繁提及的，一是困於風濕，二是字不成形。

這一回她又說：「我自己寫不好字，就喜歡朋友的好字。」要我抄《古文觀止》裡的文章給她寄去，我挑啊選地，最後慎重抄寫了李白的〈春夜宴桃李園序〉。

琦君字草，但並非毫無章法，〈啟蒙師〉一文寫道，老師要她寫大字三張當作處罰，她塗抹了「大小上下人手足刀尺」應付了事，老師一氣之下撕了這三張大字，要她懸腕臨帖，重寫五大張。

琦君說：「他把一個小小銀珠盒放在我手腕背上，我的手只能平平地移動，稍一傾斜，銀珠盒滑下來了。我還得握緊筆桿，提防老師從後面伸手一抽，筆被抽起來，就是字寫得沒力氣，又須重寫。」可知琦君的字是受過訓練，有根柢的。

練字細節讓琦君印象深刻，多篇文章提及。〈不見是見，見亦無見〉悼念啟蒙老師，琦君說：「可是三十多年來，我總不時想起他，提起筆，看著自己潦草不堪的字體，就會想起當年他捏著我的小手，一點一畫教我端端正正寫字時的嚴肅神情。」〈留予他年說夢痕〉：「他屢次問我長大了要當個什麼，我總心不在焉的回答說：『當詩人。』他又生氣地說：『豈止是詩人，還要會寫古文，寫字，像碑帖那樣好的字，這叫做文學家。』」

讀琦君來信，每為無法辨識而頓挫，順著脈絡，先是猜測可能用字，再查草書字典，常常迎刃而解。當然，也有毫無頭緒的時候。

盛弘仁弟：

收到你的信和照片，非常感激，謝謝你對我的掛念，我近年來因右膝風濕痛，文章少寫了，所以沒機會與國內朋友在「報上見」了，不過九歌出版社為了給我這八十四歲的老人一點鼓勵，特地為我出版了一本我的散文中英對照集，是他們從筆會季刊上採集的，譯者都是國內名家，只有最後一篇是我自己譯的，你如有興趣，何妨在書店裡看一下，也許有興趣吧！

你的照片好活潑，「白斬雞」因游水而成「紅燒雞」，不是更健康嗎？台灣夏天很熱，千萬小心飲食，冷飲尤其要小心。你還記得「下雨天真好」一文，我真高興。你現在可以寫一篇文章，題目就叫「下水游泳真開心！」，一定很精彩。你的字寫得真好，是有工夫的，我非常喜歡，可以抄一篇「古文觀止」上的短文給我嗎？我自己寫不好字，就喜歡朋友的好字。你有否協助爾雅做校對工作呢？好像你提過，或是我記錯了。

匆匆即祝　健康快樂

琦君阿姨　七月八日

也送你一張貓咪卡

24

郵戳二〇〇〇年十一月一日，信兩頁。

十月初，接到台南蔡信龍先生來信：「王先生：頃接琦君阿姨來信，告知您的信她已收到，因右髖骨磨損，必須動大手術，待其病癒再為您回信，謹此相告。」日期押在十月五日。接到這封信後，因感到頻繁給琦君寫信恐造成她的困擾，此後我減少通信，並以卡片為主，字數寥寥，以減輕她的眼力負擔。

盛弘仁弟：

住院動手術，一週前回家，精神十分恍惚。

今天撐著整理書桌，回朋友的信。你九月十七日信，至今才覆，你一定能原諒的。你說贈我九歌出版的「假面與素顏」，並未收到，是你自己寄的，還是九歌代寄的呢？請查一下，我的郵件應不會遺失的，因為外子每天必去郵筒取信的。擔心的是書放不進郵筒，郵差偷懶放在郵筒背上，可能遺失了。但過去從未有此種事發生，因為郵差總是特地送到門口來的，除非是替工。

匆匆　即祝　文安

精神很差，待健康復原後，再給你信，希望能讀到你的大作。　琦君　11／1

25

寫於二〇〇〇年十月七日，信兩頁。

《琦君寄小讀者》初由純文學於一九八五年出版，純文學結束營業後，爾雅、九歌都有意爭取印行，因琦君感於九歌有她的兒童翻譯小說，可歸同一類，故由九歌關係企業——健行出版社在一九九六年重出新版。

九六年六月廿五日，琦君在信上與陳素芳討論編輯事宜，提到該書插畫，對舊版本中幾幅不是出於她手筆的插畫感到「討厭」，「為誠實求真，最好取消，並非每文都要有畫啊！反正是作者即興之作，如勉強保留，也當註明非作者所畫，那就毫無意思了，你考慮一下吧！最好取消非我作品，以求真與誠實，且我很討厭那幾張畫，一點不統一，讀者也不容易接受，你請教一下蔡先生吧！」琦君說：「我實愛自己的『素人畫』，現將屬於我原筆的記下，請你斟酌」，以下羅列十七項，一一評點，寸土不讓。

新版本問世，八月十四，琦君再給陳素芳信，提到這個新版本，「印得很好，尤其以我的『大作』（畫）為封面，使我既慚又感，你設計真用心啊！書中取消非我作品，再好沒有。」

盛弘如握：

收到你的大著和卡片，真是欣慰萬萬分。「草本記事」談園藝，每篇題目都很吸引人，我會慢慢仔細拜讀，獲益必多。

隱地是位重義輕利的君子，實在值得和他交往，最近他的新著「漲潮日」你一定也很喜歡，是自傳性的好文章。

我動手術後體力一時尚未恢復，每天由護士小姐來家中助我做復健運動，一個月後可以好點。因手術用痲藥，記憶力差多了。人老了，實在沒辦法，只好安命，幸有你們年輕好友對我的關注，心中十二分安慰，希望保持聯絡。我病好後會再給你寫信。實在感謝你的關注。

你在九歌出版的「假面與素顏」也找到了，並沒有遺失，可能是朋友借去看，我從醫院回來，就還給我了，請原諒我的糊塗（我曾對你說沒收到書，記錯了）。「草本記事」內的插圖確實很精彩，你如自己能畫，以後的書也試試自己插圖，我有一本書是自己畫了幾張的，留個紀念而已（好像是「琦君寄小讀者」，九歌出版的。）

字太亂了，抱歉，因為欠了好多信，得一一回信，心急，字更不成形了。

即祝　文安

琦君　盼來信　十一、七、夜

琦君為小讀者畫了許多可愛的插圖，收在九歌出版《鞋子告狀：琦君寄小讀者》，她也鼓勵王盛弘可以試著為自己的書畫插圖。

26

郵戳二〇〇一年元月二日，
小卡片一張。

盛弘：

謝謝你誠摯的賀卡，真是我最大的安慰。我應該和你們年輕人一樣，緊握著筆一直寫下去才好。你說對嗎？

琦君　12.2000

盛弘：
謝謝你誠摯的賀卡，
真是我最大的安慰。我
Season's Greetings
應該和你們年輕人一樣，
緊握著筆一直寫下去才
好。你說對嗎？
琦君 12.2000

藉一張卡片獻上祝福。

27

郵戳二〇〇一年四月五日，
信一頁，寫在橫條紋信紙上，

盛弘如晤：

因頭暈病，今天才回信，也沒能買賀卡，就寫此短信吧！

你的照片非常傳神，想見你心情很好。

有時間多寫文章吧。

我近月來身體不好，希望能健康起來，再提筆。

謝你掛念，先回此短信。

匆匆　祝

新春如意

琦君

28

郵戳二〇〇一年七月卅一日，信一頁，信中提及：「七月十七日信想已收到。」看來是不知流落何方了。

千禧年八月下旬，我赴歐洲漫遊，由愛丁堡而約克、倫敦，十一月下旬抵巴黎時，接中央副刊詢問擔任編輯的意願，略一思量，腰斬行程，匆匆走過亞維儂、巴塞隆納後，十二月上旬返台履新。二〇〇一年中副製作「大師的薪傳」專題報導文學巨擘，我擬了幾個問題，去信琦君，想為她寫篇文章，美事一樁，卻遭拒絕，實屬意外。

隔年六月她再度解釋，拒絕是因為「不願再『出風頭』」、「現在的文藝界『評語』太多，我會深感不安的」，這樣的反應，與她以《煙愁》獲「台灣文學經典30」時的誠惶誠恐，頗為相似。

盛弘如晤：

七月十七日信想已收到。

你的一片誠意，我很感動，但因為我已偌大年紀，請你千萬千萬不要為我寫報導，以免惹人笑語。我是真心話，請你千萬萬萬能原諒，頭暈病幸已稍癒，但風濕痛困人，實在好苦。

匆匆即祝　文安

琦君

29、30

郵戳二〇〇二年六月廿六日，一個信封，兩封信。

寫於三月廿六日的信，在「盛弘如握：」下，添了「要重寫，此信不對」。又在署名處標注「他信是3／13」。我給琦君寄去發表於《幼獅文藝》的〈舊得有味道〉，既記錄兩人通信始末，復發抒網路崛起前後，手寫信遭受的衝擊。

盛弘如握：

這些日子因頭暈加上右足風濕痛，神志都有點不清了，收到你3／13日信，一直未覆，知道你到中副工作，很願寫文章而無靈感。

你的文章我竟一直未讀，真是豈有此理，今天神志較清醒，理書桌才發現你文章，從頭細讀，好感動啊！請原諒我這個老糊塗，你不會生氣吧！

本想將介紹友人文章的一篇短文寄你，想想不好意思，我應當先為你寫些生活方面的文章，才能寫這篇東西，我腦子有點糊塗，請原諒。

現已夜深一時，手邊好多信，好多書也要我寫感想，心理壓力很大，不能老是寫讀後感呀！你說對嗎？寫多了介紹文，靈感沒有了。

琦君　三、廿六

他信是3／13日

倚枕寫此，請原諒我字不成形

「舊得有味道」一文真好！

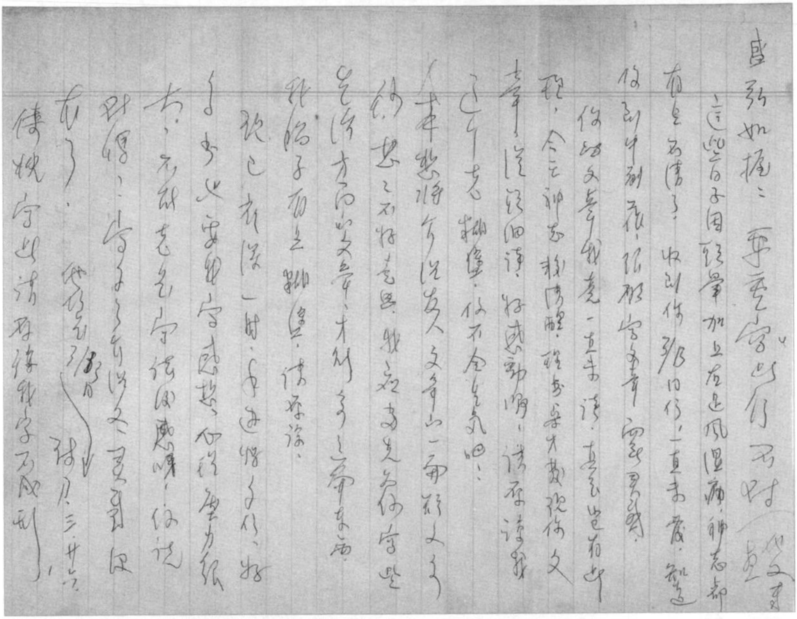

寫在黃色直條紋紙上的信，雖自稱「字不成形」，但是，筆走龍蛇，線條好似灌注了意念的流動。

寫於六月廿四日的信，是琦君與我通的最後一封信，若自我國中一年級算起，到二〇〇二年，兩人前後通信近二十年，我的青春期，人格養成的關鍵時刻，都浸潤在她的文章與人格感召下。

公開這批信件前，得琦君媳婦陳麗娜女士的慷慨允諾，她說：「謝謝你的通訊，讓她旅居海外的日子不那麼孤單，她很喜歡年輕人，更高興有人願讀她的書，所以樂觀其成，你可進行出版。」但願我真的曾帶給琦君阿姨一點安慰和快樂，而真切地，她在我成長的路途上，給了我陪伴與指引。

盛弘如握：

我在台北時，你沒來與我談心，是你考慮太多，我見了好友，精神就萬倍的呀，未見面真可惜，後會何時呢？

一直頭暈，加風濕痛，人像半條命，一直記掛要給你信，又恍恍惚惚以為已回你信了，今天理抽屜，才發現信寫了竟未寄，大概是因為太辭不達意，故沒有寄，但無論如何，還是寄你吧。重寫也是一樣亂七八糟的字體哪！

你是我年輕的至交，我非常重視我們的友情，你主編中副，一定很忙，現在中副已停止贈閱，我也未訂閱，所以不知都有誰的文章。

近日來服中藥，頭暈已好些了。又在忙看友人英譯我的「橘子紅了」小說，一字一句的斟酌，英文與中文的意義之間總有差距，我不能不多加思考斟酌，以免與原作距離太遠。今天已完工，當即給你信，希望你原諒。

你3／13日信中附的「舊得有味道」一文，我讀了兩三遍，你的一片純真，浮現紙上。你想寫我及刊出，我不贊成，是因為我不願再「出風頭」了，其實你的文章句句真實誠懇，刊出原無關係的，但現在的文藝界「評語」太多，我會深感不安的，只此而已，你的好意我實在感動。

自大陸轉台北回來後，一直病歪歪的，寫信都要靠在床上，性子又急，字不成形，但又極盼好友的信，你不會怪我的話，盼來信啊。我在你寄我的信封上，寫了「未回信」三個字，其實上信已寫了，放在裡面，現在寄你，盼原諒。

好友不能停止通信的。我真不應該說你仍在主編中副吧，盼告近況

祝好

琦君 6／24

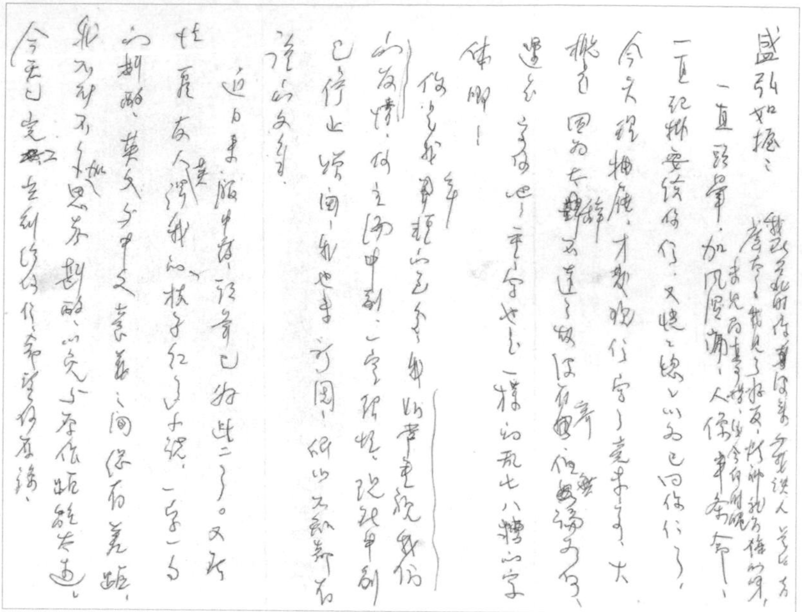

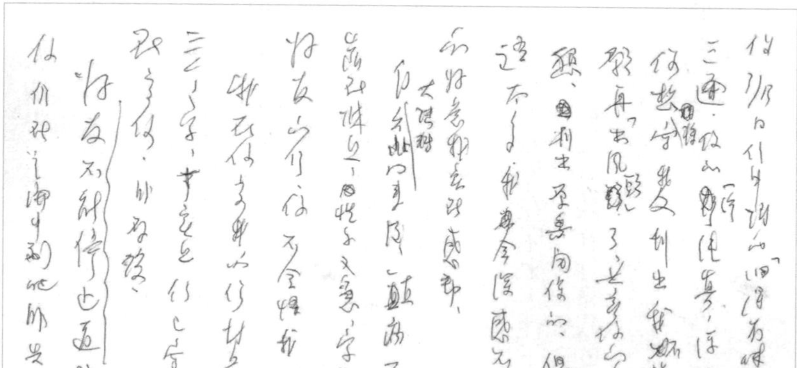

琦君給王盛弘的最後一封信，寫於二〇〇二年六月廿四日，收筆前她說：「好友不能停止通信。」並在旁畫線表示強調。

二〇〇六年六月七日，一進辦公室，同事便告訴我，琦君阿姨過世了。我怔忪了一會兒，隨即著手寫起翌日見報的紀念專輯編按。近年心情轉趨清淡，高興的、難過的，往往都統籌於「這就是人生」的態度底。

我透過文字為琦君阿姨送行：

擁有廣大讀者群的散文名家琦君，不幸於昨日凌晨四時病逝於台北，享壽八十九。文友聞訊，咸感唏噓。

琦君，浙江永嘉人，一九一七年出生，杭州之江大學中文系畢業，一九四九年五月來台後，發表〈金盒子〉，從此創作不輟，五十餘年來，出版專書近五十冊，風靡一代又一代的讀者。前年夏天，琦君自美返台，定居於淡水，受到文友與讀者的熱烈歡迎，琦君迷同學會、琦君研究中心、研討會、傳記……陸續問世，今年四月間並接受亞洲華人作家文藝基金會的贈獎和致敬。古典文學的根柢、現代思潮的洗禮，形成琦君散文的強烈風格，溫柔敦厚是她為人為文最受推崇的特質，讀琦君散文，不僅將農業社會的溫暖氛圍召喚到眼前，更讀到她對人性的堅定信心。如今作家遠去，但她筆下的人物，已在讀者心中烙下永恆的形象。

忙過一天回到家後，把琦君阿姨給我的信件拿出來，仔細讀著，看到她在我初出社會時為我謀職的熱切，涉世不深時給我許多為人處事的指導，以及其他種種，親切而且殷切，彷彿長輩的訓勉、親人的叮嚀。其實我只是一個仰望她的單純讀者，我們遲至二〇〇四年才有過一面之緣，但那時候她已經虛弱到不知道我是誰了。邊讀著信，來自內心底很深很深的角落裡，逐漸湧上悲傷。悲傷也是人生中一種難以豁免的心境吧。

六月廿九日午前，公祭在北市二殯舉行，封棺前瞻仰遺容，我隨眾人腳步繞行她的棺槨，看見琦君阿姨躺在那裡，小小的身軀小小的臉蛋，粉嫩嫩的，熟睡了的孩子似的。

小春，大媽來接妳了。

文學事略

散文集

《桃花盛開》（爾雅，一九九八）
《假面與素顏》（九歌，二〇〇〇，新版更名《留下，或者離去》）
《草本記事》（智慧事業體，二〇〇〇，新版更名《都市園丁》）
《一隻男人》（爾雅，二〇〇一）
《帶我去吧，月光》（一方，二〇〇三）
《慢慢走》（二魚，二〇〇六；簡體字版：龍門書局，二〇一一）
《關鍵字：台北》（馬可孛羅，二〇〇八）
《十三座城市》（馬可孛羅，二〇一〇；簡體字版：龍門書局，二〇一一）
《大風吹：台灣童年》（聯經，二〇一三）

《花都開好了》（馬可孛羅，二〇一七）
《雪佛》（馬可孛羅，二〇二二）

主編

《我們這一代：七年級作家》（宇文正合編，麥田，二〇一六）
《二〇六年散文選》（九歌，二〇一八）

獲獎

一九九五年　台灣新聞報（一九九四）年度作家首獎
一九九六年　台灣新聞報（一九九五）年度作家佳作
〈生命的微笑〉獲梁實秋文學獎散文組第三名
一九九七年　〈來去竹林路〉獲王世勛文學新人獎首獎
〈記憶種在土地上〉獲磺溪文學獎散文組第二名

一九九八年　〈帶我去吧，月光〉獲磺溪文學獎小說組第三名
〈倥青天〉獲台灣省文學獎散文組佳作
〈丼〉獲台灣省教育廳文藝節徵文佳作
一九九九年　〈歌舞春風〉獲梁實秋文學獎散文佳作
獲報紙副刊編輯金鼎獎。
二〇〇〇年　〈土撥鼠私語〉獲教育部文藝創作獎第二名
二〇〇二年　「三稜鏡」寫作計畫獲台北文學寫作年金
二〇〇五年　〈瘤〉獲中國時報文學獎散文組第二名（首獎從缺）
二〇〇六年　〈啊，原來是幽門螺旋桿菌〉獲國科會科普散文獎佳作
二〇〇七年　〈天天鍛鍊〉獲林榮三文學獎散文組佳作
二〇〇八年　入選九歌出版社「台灣文學三十年菁英選：散文三十家」
二〇一二年　〈種花〉獲林榮三文學獎散文組首獎
二〇一四年　獲中國文藝獎章（散文類）

二〇二〇年〈甜蜜蜜〉獲九歌散文選（二〇一九）年度散文獎

二〇二一年《花都開好了》入選文訊雜誌社「廿一世紀上升星座」

入選九歌年度散文選

〈土撥鼠私語〉，廖玉蕙主編，二〇〇〇年散文選

〈相思炭〉，席慕蓉主編，二〇〇二年散文選

〈花盆種貓〉，林文義主編，二〇〇六年散文選

〈美在實用的基礎〉，張曼娟主編，二〇〇九年散文選

〈廁所的故事〉，宇文正主編，二〇一〇年散文選

〈大風吹〉，鍾怡雯主編，二〇一一年散文選

〈夜躑躅〉，隱地主編，二〇一二年散文選

〈給愛麗絲〉，柯裕棻主編，二〇一三年散文選

〈小風吹〉，阿盛主編，二〇一四年散文選

〈高尾山紀事〉，楊佳嫻主編，二〇一六年散文選
〈尋找孔雀〉，胡晴舫主編，二〇一八年散文選
〈甜蜜蜜〉，凌性傑主編，二〇一九年．年度散文獎
〈黑色是豐饒的顏色〉，黃麗群主編，二〇二〇年散文選
〈夢浮島〉，孫梓評主編，二〇二一年散文選

發表索引

〈美麗華〉二〇一九年六月十一日《自由時報．自由副刊》，二〇二一年六月《紅岩》文學雙月刊總二四三期轉載

〈挖耳朵〉二〇一八年七月十六日《自由時報．自由副刊》，收入焦桐主編《二〇一八飲食文選》（二魚，二〇一九）

〈阿魯巴〉二〇一八年九月十八日《自由時報．自由副刊》

〈貓的（沒有）隱喻〉二〇二一年三月《聯合文學》總四三七號

〈有一個地方叫作Kokomo〉二〇二一年二月《聯合文學》總四三六號

〈啟蒙前夕〉二〇二一年五—六月《聯合文學》總四三九、四四〇號

〈群樹之歌〉二〇二二年三月廿九—卅日《自由時報．自由副刊》

〈厭貓〉二〇二一年十月《聯合文學》總四四四號

〈窮緊張〉二〇二一年十二月《聯合文學》總四四六號

〈甜蜜蜜〉二〇一九年十月六—八日《自由時報．自由副刊》，收入凌性傑主編《二〇八年散文選》（九歌，二〇二〇）

〈潮間帶〉二〇二〇年七月十二—十五日《自由時報．自由副刊》

〈魁生投江〉二〇二一年九月《聯合文學》總四四三號

〈暗中〉二〇二一年三月廿八日《自由時報．自由副刊》

〈黑街〉二〇二〇年十二月廿三日《自由時報．自由副刊》

〈萬物生長〉二〇二一年八月《聯合文學》總四四二號

〈懷寧〉收入胡晴舫主編《我台北，我街道》（木馬文化，二〇二一）

〈夢浮島〉二〇二一年一月《聯合文學》總四三五號，收入孫梓評主編《一一〇年散文選》（九歌，二〇二二）

〈適合仰望的距離〉二〇一七年三月三〇日《聯合報．聯合副刊》

〈琦君的信〉首發

【旅人之星】MS1067

雪佛

作　　　者❖王盛弘
封 面 設 計❖許晉維
內 頁 編 排❖張彩梅、兒日
總　編　輯❖郭寶秀
特 約 編 輯❖周奕君
行 銷 業 務❖許芷瑀

發　行　人❖凃玉雲
出　　　版❖馬可孛羅文化
10483台北市中山區民生東路二段141號5樓
電話：(886)2-25007696
發　　　行❖英屬蓋曼群島商家庭傳媒股份有限公司城邦分公司
10483台北市中山區民生東路二段141號11樓
客服服務專線：(886)2-25007718；25007719
24小時傳真專線：(886)2-25001990；25001991
服務時間：週一至週五9:00～12:00；13:00～17:00
劃撥帳號：19863813　戶名：書虫股份有限公司
讀者服務信箱：service@readingclub.com.tw
香港發行所❖城邦（香港）出版集團有限公司
香港灣仔駱克道193號東超商業中心1樓
電話：(852)25086231　傳真：(852)25789337
E-mail：hkcite@biznetvigator.com
馬新發行所❖城邦（馬新）出版集團【Cite(M) Sdn. Bhd. (458372U)】
41-3, Jalan Radin Anum, Bandar Baru Sri Petaling,
57000 Kuala Lumpur, Malaysia.
電話：(603)90578822　傳真：(603)90576622
E-mail：services@cite.com.my
輸 出 印 刷❖前進彩藝有限公司
一 版 一 刷❖2022年5月
定　　　價❖380元

ISBN：978-986-0767-95-7（平裝）
EISBN：9789860767971（EPUB）

城邦讀書花園
www.cite.com.tw

國家圖書館出版品預行編目（CIP）資料

雪佛／王盛弘著. -- 一版. -- 臺北市：馬可孛羅文化出版：英屬蓋曼群島商家庭傳媒股份有限公司城邦分公司發行, 2022.05
320面；14.8×21公分 --（旅人之星；MS1067）
ISBN 978-986-0767-95-7（平裝）

863.55　　111004967